Lissa Lehmenkühler

Der Schneeti

Ein Winterwunder für Ole

Lissa Lehmenkühler, geboren und aufgewachsen im Münsterland, studierte Szenische Künste an der Universität Hildesheim, absolvierte eine Drehbuchausbildung und war Stipendiatin an der Akademie für Kindermedien. Sie schreibt Drehbücher, Theaterstücke und Kinderbücher und lebt in Berlin. Als der Schneeti bei ihr vorbeigeschneit kam, hat sie sofort beschlossen, ein Buch über ihn zu schreiben.

Heidi Förster zeichnet, seitdem sie denken kann. Nach jahrelanger Übung auf dem Zeichenblock warf sie eines Tages ihren Bleistift beiseite und entdeckte ihre Leidenschaft für die digitale Kunst. Auf ihrem Grafiktablett kreiert sie heute mit viel Kreativität liebenswerte Illustrationen und Figuren. Dabei hegte sie schon immer eine gewisse Faszination für Fantasiewelten und magische Wesen.

Lissa Lehmenkühler

Der Schneeti

Ein Winterwunder für Ole

Mit Illustrationen von Heidi Förster

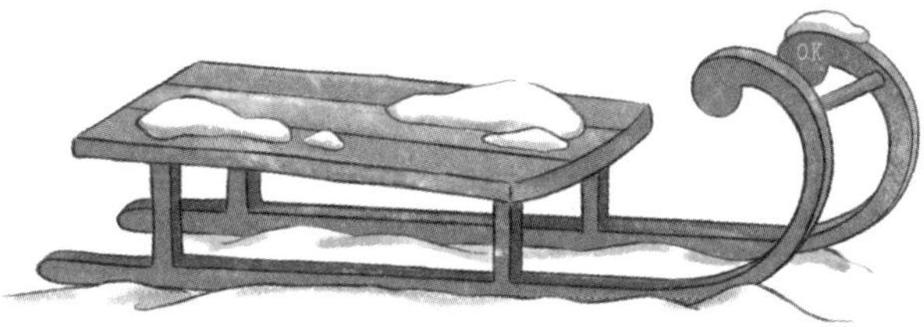

Arena

Für Anton und meinen wunderbaren, warmherzigen Großvater, der mir vorgesungen hat, Geschichten liebte und handarbeiten konnte wie ein Weltmeister

Arena

Ein Verlag in der **westermann** GRUPPE

MIX
Papier aus verantwortungsvollen Quellen
FSC® C110508
www.fsc.org

1. Auflage 2020

Rottendorfer Straße 16, 97074 Würzburg

Dieses Werk wurde vermittelt durch die Agentur
Charlotte Larat – rights & audio, Strasbourg
Cover- und Innenillustrationen: Heidi Förster
Lektorat: Daniela Gebhardt
Umschlaggestaltung: Juliane Lindemann
Gesamtherstellung: Westermann Druck Zwickau GmbH
Printed in Germany
ISBN 978-3-401-60515-9

Besuche den Arena Verlag im Netz:
www.arena-verlag.de

1

Ein Geschenk des Himmels

»Sieben!«, »Acht!«, »Neun!«, »Zehn!« Mit Karacho platzt der elfte Schneeball auf Oles viel zu große Opa-Rentier-Strickjacke, die den Achtdreivierteljährigen umhüllt wie ein magischer Zaubermantel. Am liebsten würde Ole jetzt einen dicken, schneemannkopfgroßen Schneeball formen. Ha! Da würden Rocco und seine Bande aber solche Augen machen, wenn Ole den Riesenschneeball in die Luft wuchtet und mit Krawumms zurückwirft.

Zu gerne würde Ole sich wehren und es Rocco und den anderen fiesen Schneeballwerfern heimzahlen, in deren Klasse er leider, leider seit einer Woche gehen muss. Zu gerne würde er endlich einmal einen riesigen Schneeball zurückwerfen. Doch Ole kann überhaupt nicht gut werfen und gut rennen kann er auch nicht. Ole hat andere Spezialtalente. Ole kann gut:

- basteln und klitzekleine Welten in Kartons und Streichholzschachteln bauen (Vogelhäuser, Vogelhochhäuser, Vogelburgen und ein Iglu, in dem Igel überwintern können, hat er auch schon gebaut),
- Pupsgeräusche mit seinem Arm machen (dazu legt Ole eine Hand in die Achselhöhle und drückt seinen Arm herunter, damit die Luft rausgequetscht wird),
- stundenlang am Telefon mit seinem Opa über die Legenden vom Yeti, Bigfoot und anderen Bergmonstern fachsimpeln,
- mit seinem Superschnitzmesser Holzfiguren schnitzen (111 Figuren hat Ole schon fertig. Nummer 112 soll ein Rentier werden und ist in der Mache),
- komische Ausdrücke aufschnappen (gerade sagt er gerne »Holy Moly«, das heißt so viel wie »Heiliger Bimbam« oder »Heiliger Strohsack«. Von wem er das hat? Von Opa Ottokar natürlich),

gescheiten Filterkaffee aufbrühen und kanadische Waffeln mit Ahornsirup backen

und noch so einiges mehr …

Doch ganz, ganz besonders gut, also praktisch am allerallerbesten, kann Ole etwas, das er am liebsten gar nicht besonders gut können würde: anders sein. Anders als die anderen.

Wie sagt Opa Ottokar aus Kanada immer: »Ole, Jungchen, wenn du die Augen weit öffnest und ganz genau hinschaust, sind alle anders. Jeder Stern und jede Staubfluse, jeder Mensch und jede Mücke, jedes Blatt und jede Schneeflocke. Anderssein, mein Junge, ist ein Geschenk des Himmels. Anderssein ist deine Spezialität!«

Dass Anderssein ein Himmelsgeschenk ist, würde Ole allzu gerne glauben. Doch manchmal, in Momenten wie diesen, fragt er sich: »Entschuldigung, kann man das Himmelsgeschenk vielleicht auch gegen Einfach-ganz-normal-Sein oder besser noch gegen Sogar-richtig-cool-Sein umtauschen?«

Krawumms! Schon wieder landet ein Schneeball in Oles Rücken. Wie eine Horde wild gewordener

Fußballfans hört er Rocco und seine Bande hinter ihm grölen: »Olé-olé-olé-olé, voll auf den ollen Ole, olé!«

Und da passiert es. Jetzt. Ganz genau jetzt. Haargenau zwischen dem zwölften und dreizehnten Schneeballtreffer formt sich ein Entschluss in Oles Kopf: Heute haut er ab! Ab nach Kanada! Zu Opa Ottokar! Und wenn Ole dafür bis Weihnachten

ohne Pause durch Berge, Täler, Eis und Schnee stapfen und sogar den Nordatlantik überqueren muss!

2

Hallöle, Öle!

Uff! Ole schließt seine Zimmertür hinter sich, lehnt sich dagegen und atmet auf. Sachte, als würde er sie streicheln, klopft er den Schnee von seinen neun Strickjacken-Rentieren. Die hat Oles Opa genauso genannt wie die Rentiere des Weihnachtsmanns: Dasher, Dancer, Prancer, Vixen, Comet, Cupid, Donner, Blitzen und Rudolph. Auch von den dreizehn Strickjacken-Eiskristallen, aus denen ja die Schneeflocken bestehen, wischt Ole den Schnee. Alle dreizehn haben ein anderes Muster und sehen fast so aus wie Sterne. Lange bevor Ole auf die Welt gekommen ist, hat Oles Opa sie Masche für Masche in die Jacke gestrickt.

Ole mummelt sich in seine Jacke ein und schnuppert daran. Wolle riecht so anders, wenn sie nass ist. An einer trockenen Stelle am linken Ärmel kann Ole genau riechen, wie es bei seinem Opa in

Kanada in der Küche riecht: nach Waffeln, Holz und Büchern. Und an einer Stelle am rechten Ärmel unterm Ellbogenflicken kann er noch wunderbar riechen, wie es in seinem alten Zimmer in Hellabach immer gerochen hat. Richtig gemütlich gut – nach zu Hause eben. Hier in seinem neuen Zimmer riecht es überhaupt nicht nach zu Hause und es fühlt sich auch kein bisschen so an. Für Ole fühlt sich dieses Zimmer nicht wie *sein* Zimmer an, sondern nur wie *irgendein* Zimmer. Wie irgendein Zimmer mit vielen unausgepackten Kartons.

Ole schnappt sich seinen Rucksack und zieht einen Karton unterm Bett hervor. Es ist der einzige, den er vor dem blöden Umzug von oben bis unten mit Totenköpfen bemalt und mit fetten Warnungen beschrieben hat:

VORSICHT GLAS / BRUCHGEFAHR / ACHTUNG / DAN~~J~~GER / MIT SAMTHANDSCHUHEN ANFASSEN!

WEHE! NICHT FALLEN LASSEN:

- SONST RUFE ICH DIE FEUERWEHR!
- SONST SCHLÄGT'S ABER 13!
- SONST RAPPELT'S IM KARTON!

GLASBRECHER SIND ~~FA~~VERBRECHER!
WER MEIN GLAS BRICHT, DEM BRECHE ICH
ALLE KNOCHEN!

Ole öffnet den Karton. Da liegen sie – eingeschlagen in Luftpolsterfolie, die er so gerne knacken lässt: Oles Lieblingsschätze. Natürlich hat Ole seine Schätze schon vor Tagen, direkt als sie aus dem Umzugswagen kamen, auf Schäden untersucht. Aber ausgepackt hat er sie nicht. Warum sollte er auch seine Sachen auspacken, wenn er weiß, dass er sie sowieso bald wieder einpacken wird? Wenn es nach Ole gegangen wäre und nicht nach dem neuen Job seiner Mama, die hier jetzt die Feuerwehr leitet, wären sie sowieso nie umgezogen. In hundert Jahren nicht!

Aber eins ist klar: In diesem Kaff, in dem es solche schneeballschleudernden Idioten wie die Kojoten (so heißt Roccos Bande, zu der Rocco, Joschi und Tengis gehören) und noch nicht mal einen Modellbauladen, geschweige denn ein Bastelgeschäft oder einen Nachbardackel namens Samson gibt, bleibt Ole nicht.

Schatz für Schatz packt er seine Lieblingssachen in den Rucksack:

Zuerst den dicken, abgegriffenen Wälzer mit einem riesigen Fußabdruck auf dem Titelbild: »Yeti – Der Legende auf der Spur«.

Dann sein Superschnitzmesser. Das hat er von seinem Opa bekommen, der es wiederum von seinem Opa bekommen hat. Im Messergriff sind zwei Buchstaben eingraviert: *O* und *K*. Wie *Okay*. *O* für Ottokar, *K* für Knüpfer. Ottokar Knüpfer. Das ist der Name von Oles Opa. Und Ole ist es eine ganz besondere Ehre, dass *O* und *K* auch seine Anfangsbuchstaben sind.

Vorsichtig wickelt er den dritten Schatz aus einem alten, karierten Herrentaschentuch: eine gläserne Schneekugel mit Spieluhr. Ole schüttelt die Kugel und muss wie jedes Mal staunen. Der kleine Junge in der Kugel sieht fast so aus wie er selbst. Und der kleine Opa in der Kugel, der mit dem Jungen einen Schneemann baut, sieht fast so aus wie Oles Opa. Ja, er hat sogar die gleiche Rentier-Strickjacke an! Am liebsten würde Ole seinen Opa jetzt anrufen. Aber das geht nicht. Opa Ottokars Telefonleitungen sind eingefroren und

bis die aufgetaut und repariert sind, kann es noch Wochen dauern. Und der kleine Ort, in dem Opa Ottokar lebt, liegt mitten im Wald – und mitten im Funkloch.

Ole betrachtet die kleinen Figuren, auf die der Schneekugelschnee rieselt, und zieht die Spieluhr auf. Als die vertraute Melodie erklingt, spürt er, wie sich ein warmes, gemütliches Gefühl in seinem Bauch ausbreitet. Und dann kann Ole nicht anders.

Er singt zur Melodie ein Lied. Das hat Opa Ottokar ihm schon vorgesungen, als Ole noch eine Babyglatze hatte und ganz klein war.

»Schneeflöckchen, Weißröckchen,
wann kommst du geschneit?
Du wohnst in den Wolken,
dein Weg ist so weit.

Komm, setz dich ans Fenster,
du lieblicher Stern …«

Krawumms! Genau in diesem Moment platscht ein dicker Schneeball gegen Oles Zimmerfenster. Himmel noch eins! Das kann ja wohl nicht wahr sein! Können dieser Rocco und seine Bande ihn nicht mal hier in Ruhe lassen?

»Verzieht euch, ihr Knalltüten!«, ruft Ole, der natürlich weiß, dass ihn draußen niemand hören kann. Schnell schaltet er das Licht aus. Im Dunkeln krabbelt er zwischen den Umzugskartons zum Fenster, linst vorsichtig hinaus und wundert sich: kein Rocco. Keine Kojoten-Bande. Niemand.

Da hört Ole ein leises Klopfen: *tok-tok.* Ole spitzt

die Ohren. Schon wieder: *tok-tok-tok!* Und jetzt lauter: *tok-tok-tok-tok!*

Und dann hört er es ganz deutlich.

»Hallö! Hier bin ich!« Ole traut seinen Augen nicht: Mitten auf der Fensterbank in dem zerplatzten Schneeball steht ein kleines schneeweißes, puscheliges Wesen, das ihm zuwinkt und ruft: »Hallöle, Öle!«

Verblüfft öffnet Ole das Fenster. Das Wesen stapft herein, hüpft »Höppala!« auf einen Karton und schüttelt den Schnee aus seinem fluffigen Fell.

»Hallöle, Öle, ich bin Schneeti«, stellt sich das Wesen vor.

»Äh, ich heiße Ole«, antwortet Ole ganz verdutzt.

»Sag ich döch. Öle! Hallöle, Öle«, begrüßt Schneeti Ole und reicht ihm seine klitzekleine, fluffige Pfotentatzenhand, die zu Oles Verwunderung kalt und warm zugleich ist.

Ole staunt. »Äh, wie ...? Holy Moly! Woher kennst du meinen Namen?«

»Aber hallö! Wöher wöhl? Hör mal! Ich bin ein Schneeti. Ich werde döch wöhl nöch die Namen der Kinder wissen, bei denen ich vörbeischneie, öder? Das wäre ja nöch schöner!« Schon hüpft der Schneeti durch einen Kartonspalt in eine der vielen Umzugskartons und jubelt: »Wie töll! Wie cööl! Wie wundervöll! Ist das für mich?«

Ole schaut in den Karton und stutzt. Eigentlich ist das ja ein Igel-Iglu, das er zusammen mit seinem besten Bastelclub-Freund Hung für die Igel zum Überwintern und nicht für den Schneeti gebaut hat. (Allerdings wusste er bis vor ein paar Minuten ja auch noch gar nicht, dass es den Schneeti gibt.) Ole kratzt sich am Kopf. »Na ja, also, eigentlich …«

»Hast du da gerade Ja gesagt? Töll!!!«, ruft der Schneeti, hüpft vor Freude aus dem Karton und hopst schon auf Oles Kopf herum.

»Hey! Stopp! Das kitzelt!«, kreischt Ole.

»Ökay! Ökay! Ich stöppe! Nur noch drei Höpser! Höpp! Höpp! Höppala!« Schon hangelt sich der Schneeti an einer Haarsträhne hinab, hüpft auf Oles Schulter und fliegt mit einem doppelten Salto auf Oles Hand. Ole bleibt vor Staunen der Mund offen stehen.

»Cööl! Deine neue Wuschel-Frisur!«, lobt der Schneeti sein Werk.

»Findest du?«, fragt Ole und schüttelt sich die Haare zurecht. Er kann immer noch nicht fassen, dass er da gerade mit einem Schneeti spricht.

»Woher kommst du überhaupt?«, möchte Ole wissen. Der Schneeti deutet nach draußen in den Winterhimmel.

»Vön öben. Vön höch öben!«

Mit großen Augen blickt Ole in den kristallklaren Abendhimmel. Am Firmament funkeln die Sterne, vor Oles Fenster glitzert der Schnee. Oles Bauch kribbelt. Die Welt ist so weiß und so still und so geheimnisvoll.

3

Ein Schneeti im Kühlschrank

»Ole, aufstehen!«, ruft Oles Papa.

Ole gähnt, reibt sich die Augen und verzieht das Gesicht. Ach Manno! Für einen Moment dachte er tatsächlich, er wäre in Hellabach in seinem alten Zimmer. Das hat Ole nämlich geträumt. Und dann ist in seinem Traum auch noch ein kleines, fluffiges Wesen vorbeigeschneit und hat es sich im Igel-Iglu unter Oles Bett gemütlich gemacht. Ole kratzt sich am Kopf und staunt, was Köpfe sich doch so alles zusammenträumen können. »Ein Schneeti! So ein Kokolores!«

Ole dreht sich auf die Seite und zieht sich die Bettdecke über den Kopf. Da hallt plötzlich – *schnörch-schnörch* – ein lautes, merkwürdiges Schnarchgeräusch oder genauer gesagt ein Schnörchgeräusch an sein Ohr. Ole schaut unter sein Bett. Tatsächlich! Da ist es: das Iglu. Vorsichtig lugt er herein. Im Iglu schnarcht ein kleines weißes Wesen, dessen kleiner, runder Bauch sich bei jedem Schnörcher hebt und senkt.

»Holy Moly!«, ruft Ole. »Ich glaube, ich spinne! Der Schneeti!« Da wackelt der Schneeti nacheinander mit allen Zehen, öffnet seine Augen, plustert und streckt sich und hüpft schon wieder –»Höppala!« – auf Oles Schoß.

»Halli-hallö-hallöle! Schönen guten Mörgen, Öle!«, begrüßt der Schneeti Ole. Ole will gerade antworten, da knurrt der Schneeti-Magen so laut, dass er sich beide Ohren zuhalten muss. Schon reckt der Schneeti schnuppernd seine kleine Nase in die Luft, klatscht in die Pfotentatzen und ruft ganz verzückt: »Kaffee! Köstlich! Nach Schököladeneis das Beste, was ihr Menschen erfunden habt!«

»Halt!«, ruft Ole noch, doch da flitzt der Schneeti schon Richtung Küche.

»Morgen, Schnuffelsocke«, begrüßt Oles Vater, der hinter seiner Zeitung am Frühstückstisch sitzt, seinen Sohn. »Toast oder Müsli?«

»Äh ...«, stammelt Ole, denn er traut seinen Augen nicht: Mitten auf dem Tisch macht sich der

Schneeti wie ein ausgehungerter Riesen-Yeti über die knusprigen Toastbrote her. Wenn das Opa Ottokar sehen könnte!

»Ole, könntest du bitte etwas leiser essen? Ich muss mich hier konzentrieren«, sagt Oles Vater, ohne von seiner Fachzeitung mit dem Titel »Zuhören! Das A und O in der Sprecherziehung« aufzublicken.

»Ähm, okay ...«, antwortet Ole noch ganz verdattert, während der Schneeti sich wie ein tollkühner Profi-Bergsteiger an der Müsli-Packung hochzieht. Jetzt balanciert er sogar mit seinen Hinterpfotentatzen auf dem nur millimeterbreiten Rand und springt mit einem Bauchplatscher ins Früchtemüsli, dass rundherum Haferflocken wie Schnee auf den Frühstückstisch rieseln.

»Jöm-jöm!! Rösinen!«, hört Ole den Schneeti aus der Packung jubeln, die plötzlich gefährlich zu wackeln beginnt.

»Holy Moly!«, ruft Ole, springt auf, fängt die kippende Packung auf und versteckt sie mitsamt dem Schneeti im Kühlschrank. Oles Vater linst zu Ole herüber und Ole gibt sich alle Mühe, so zu tun, als wäre es das Normalste von der Welt, morgens wie ein Türsteher vorm Kühlschrank zu stehen.

»Ole, fehlt was? Dann nimm es dir und setz dich bitte wieder an den Tisch«, sagt Oles Vater und vertieft sich wieder in seine Zeitung. Da tönt plötzlich ein fröhliches Jauchzen aus dem Kühlschrank:

»Öh! Töll! Jöghurt! Jöm-jöm!«

Oles Vater horcht auf und schaut Ole über seiner Lesebrille mit einem Irgendwas-stimmt-hier-doch-nicht-Blick an.

»Äh, toll, Joghurt! Ich möchte Joghurt!«, ruft Ole und versucht, da-

bei so unschuldig dreinzublicken wie Samson, der Zwergdackel seiner ehemaligen Nachbarin Frau Wussel.

»Fein! Lang zu! Joghurt ist gesund«, sagt Oles Papa und erklärt: »Beim Wort Joghurt liegt die Betonung übrigens auf dem Selbstlaut *O*. JO-ghurt. Und jetzt du, Ole: JO-ghurt.«

»JO-ghurt«, spricht Ole seinem Vater nach.

Seit Oles Papa die Umschulung zum Logopäden macht, nimmt er es mit der deutlichen Aussprache sehr genau. Etwas zu genau für Oles Geschmack.

»Super!«, lobt Oles Vater. »Ich bin ja froh, dass du wieder ordentlich frühstückst. Seit dem Umzug hast du gegessen wie ein Spatz. Mama und ich, wir haben uns schon Sorgen gemacht.« Oles Papa setzt seine Brille ab und reibt sich über die müden Augen. »Wir müssen uns alle neu eingewöhnen. Die neue Schule ... Mamas neuer Job ... meine Umschulung ...«, sagt Oles Vater und schenkt sich aus der Thermoskanne einen dampfenden Becher Kaffee ein. »Gibst du mir mal bitte die Milch aus dem Kühlschrank?«,

»Ähm«, antwortet Ole, denn er hält die Sache mit der Milch für keine gute Idee.

»Schnuffelsocke, träumst du? Die Milch bitte.«

Vorsichtig öffnet Ole die Kühlschranktür einen Spaltbreit und als das Kühlschranklicht angeht, glaubt er nicht, was er da sieht: Zwischen all den säuberlich ausgeschlabberten Joghurtbechern, den leeren Oliven-, Gurken- und Senfgläsern, den angeknabberten Möhren und der ausgetrunkenen Ketchupflasche sitzt der Schneeti im Käsefach und beißt in den höllisch stinkenden Stinkbombenkäse, den Oles Mama und Opa Ottokar so gerne essen.

»Harzer Röller!!! Jöm-jöm, willst du auch mal pröbieren?«, fragt der Schneeti mit vollen Backen.

Sprachlos schüttelt Ole den Kopf. Genüsslich schleckt sich der Schneeti zum Nachtisch einen Rest Mangojoghurt von den Pfotentatzen, als sich plötzlich seine kleinen Nasenlöcher weiten.

»Ka-Ka-Kaffeee!!!«, jauchzt der Schneeti und schnüffelt wie hypnotisiert Richtung Küchentisch. Und noch ehe Ole dem kleinen Vielfraß die Kühlschranktür vor der Schnüffelnase zuschlagen kann, ist der Schneeti schon mit einem dreifachen Salto über Oles Kopf hinweg auf den Frühstückstisch gehopst und trinkt den randvollen Kaffeebecher in einem Zug leer. Und dann passiert alles rasend schnell: Der Schneeti rollt mit den Augen, plustert sich auf und zischt wie ein schneeweißer Blitz durch die Küche. So schnell, dass Ole ihn kaum sehen kann. Der Schneeti hopst vom Tisch auf den Küchenschrank, vom Küchenschrank auf den Kühlschrank, vom Kühlschrank aufs Gewürzregal, vom Gewürzregal in die Petersilie, von der Petersilie in den Ofenhandschuh, vom Ofenhandschuh auf die Thermoskanne, hoch auf die Küchenlampe, runter in Oles Pulloverkragen.

»Aufhören! Das kitzelt!«, kreischt Ole, als der kaltwarme Schneeti unter seinem Pullover vom linken zum rechten und vom rechten zum linken Ärmelbündchen saust wie ein Meerschweinchen mit Raketenantrieb. Ole schüttelt sich vor Lachen. Da haut sein Vater, der sich bei dem Radau überhaupt nicht mehr konzentrieren kann, mit der Zeitung auf den Tisch. »Ole, hast du einen Clown gefrühstückt oder was ist heute mit dir los?«

»Los? Genau ... Du sagst es, Papa! Haha! Ich ... ich muss jetzt ganz schnell lo-hos!« Ole schnappt sich seine Brotbox und die Kühltasche mit der Kanada-Flagge und läuft kichernd aus der Küche.

»Ole! Hast du meinen Kaffee getrunken? Kein Wunder, dass du so aufgekratzt bist! Kaffee ist nichts für Kinder!«, hört Ole seinen Vater schimpfen, als er im Rekord-

tempo in seine riesige Opa-Strickjacke schlüpft. Mit offenen Schnürsenkeln und einem aufgekratzten, kitzelnden Schneewesen unterm Pullover, verlässt er schnell die Wohnung, bevor sein Vater auch noch das Chaos im Kühlschrank entdeckt.

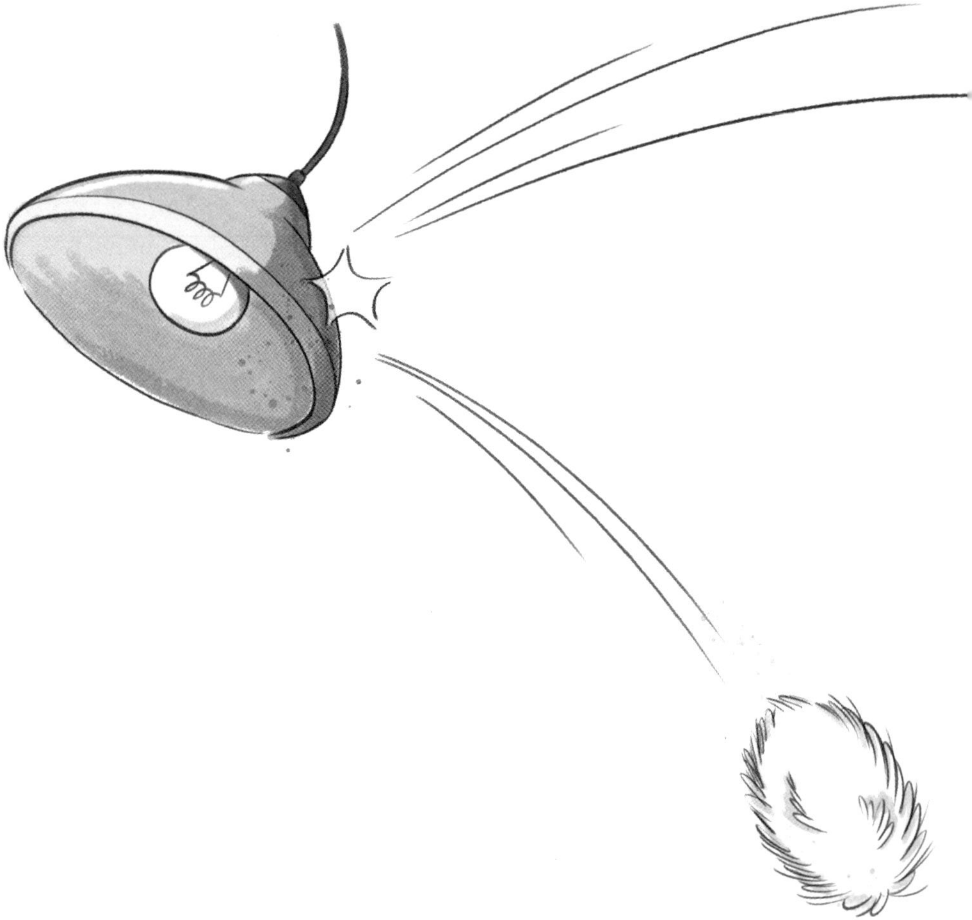

4

Schnee in der 3b

Im Unterricht blättert Ole heimlich im Schülerlexikon. Er findet »Schnee«, »Schneemensch«, »Schneetiger«, aber nichts über den Schneeti.

»Eine unbekannte Spezies«, murmelt Ole nachdenklich vor sich hin, da hört er unter seiner Bank ein verdächtig lautes Schmatzen. Unauffällig linst er in die Kühltasche, in der es sich der Schneeti gemütlich gemacht hat, und glaubt nicht, was er da sieht. Der Schneeti hat sich nicht nur Oles Banane und sein Marmeladenbrot, sondern auch die Pausenbrote der ganzen Klasse gemopst!

»Nicht so laut«, zischt Ole in die Kühltasche, als plötzlich seine neue Klassenlehrerin Frau Lümmerling hinter ihm steht.

»Wer hat dir denn so eine schöne Jacke gestrickt? Mit Schneekristallen und Rentieren! Toll! Deine Oma?«

Ole schüttelt den Kopf. »Mein Opa!«

»Dein Opa? Oha!«, sagt Frau Lümmerling erstaunt und schlägt vor: »Vielleicht kann dein Opa ja mal in unseren Textilunterricht kommen und uns ein paar Tricks beibringen. Das wäre doch toll! Siehst du deinen Opa an Weihnachten?«

»Mein Opa wohnt in Kanada«, antwortet Ole.

Frau Lümmerling schwärmt: »Kanada! Da muss es wunderschön sein!« Sie lächelt. »Jedes Jahr vor den Weihnachtsferien führen wir hier in der Gebrüder-Grimm-Schule vor den Eltern ein Weihnachtsmärchen auf. Dieses Jahr ›Frau Holle‹. Du hast dich noch gar nicht gemeldet, in welcher Gruppe du mitmachen willst.«

Ole ist zwar felsenfest davon überzeugt, dass er bald nicht mehr in Frau Lümmerlings Klasse gehen wird, aber eine Antwort muss er ja trotzdem geben.

»Gibt's was mit Basteln?«, fragt er und Frau Lümmerling nickt.

»Ja allerdings. Wir haben die Gruppe *Bühne und Kostüm.* Ich trage dich ein!«

Oles Tischnachbarin Rafif strahlt bis über beide Zahnlücken: »Dann sind wir ja zusammen in einer Gruppe!«

Da hört Ole Rocco hinter seinem Rücken grölen: »War ja klar, der Spinner und die Streberin Rafiffikus basteln die Kostüme. Passt auf, Leute, nachher strickt auch noch der Opa mit und die Kostüme sehen so uncool und opamäßig aus wie Oles olle Jacke – na dann, gute Nacht!«

Da reißt dem Schneeti der Geduldsfaden und plötzlich landet – *platsch* – ein riesiger Schneeball mitten auf Roccos Kopf. Rocco verschlägt es die Sprache und die ganze Klasse kriegt vor Staunen den Mund nicht mehr zu. Nur Ole muss grinsen. Besonders als er den kleinen Schneeti aus der Kühltasche singen hört: »Ölé-ölé-ölé-ölé, hier kömmt der Schneeti-Schnee, ölé!«

Rafif staunt. »Das war cool! Supercool!«

Frau Lümmerling schlägt die Hände über dem Kopf zusammen. »Ja, wo gibt's denn so was? Schneit's hier etwa durch die Decke? Da muss ich sofort dem Hausmeister Bescheid sagen.« Auf den Schreck nimmt Frau Lümmerling erst mal einen Schluck Kaffee und verzieht das Gesicht.

»Oha! Der ist ja gefroren!«, ruft sie, als sie auf einen Eiswürfel beißt. Mehr ist von ihrem Kaffee nicht übrig geblieben. Daraus hat der Schneeti

Weihnachtsmärchen:
Frau
Holle
13

nämlich schon längst – löckerflöckig – einen Eiskaffee gemacht. Ganz nach seinem Geschmack.

Der Schneeti zwinkert Ole aus der Kühltasche zu und Ole kann es fühlen: Der Spaß fängt gerade erst an! Aber hallöle!

5

Höko, der Hausmeister

Nach Schulschluss schleicht Ole über den Schulhof zu den Mülltonnen und versteckt sich hinterm Papiercontainer. Mit dem Schneeti in der Tasche fühlt er sich heute zwar schon etwas sicherer, aber wie Opa Ottokar immer sagt: »Vorsicht ist die Mutter der Porzellankiste.« Ole hat nämlich überhaupt keine Lust, heute schon wieder von Rocco und seiner Bande durch diesen dämlichen Ort gejagt zu werden. Aus seinem Versteck heraus beobachtet er, wie die Kojoten bei den Tischtennisplatten tuschelnd ihre Köpfe zusammenstecken. Bestimmt denken sie sich wieder was Fieses aus. Nach der Sache mit dem Schneeti-Schneeball scheint Rocco heute nämlich obermegamiese Laune zu haben.

»Wie hast du das vorhin gemacht?«, flüstert Ole dem Schneeti in die Kühltasche.

»Was? Die Bröte gemöpst? Das war ganz einfach! Ich ...«

»Nein! Der Schneeball! Wie hast du es im Klassenzimmer schneien lassen?«

Der Schneeti grinst. »Das war döch Pipifax! Öle, ich bin döch ein Schneeti. Ein *Schneeti!* Vergessen?«

»Das heißt also, Schneetis können es schneien lassen?«

»Jöp!«

»Heißt das Ja?«

»Jöp!«

»Holy Moly! Das ist ja cool! Kannst du noch was?«

»Jöp!«

»Was denn?«

»Vörwärtsrölle, Rückwärtsrölle, Vörwärtssaltö, Rückwärtssaltö, Köpfstand, Öhren wackeln, King Köng spielen, auf Kömmandö schnörchen ...«, zählt der Schneeti an seinen Fingern ab und überlegt: »Öh? Was nöch? 6.422 Sprachen sprechen, Dialekte, Rentierisch, Schneetinesisch und sö weiter nöch nicht mitgezählt. Und ... Möment ... Ach ja! Natürlich! Vörwärtsrölle, Rückwärtsrölle, Vörwärtssaltö ...«

»Das hast du schon gesagt! Ich meine, kannst du noch was mit Schnee und so?«

»Ach sö! Jöp! Und öb!«

»Was denn?«

»Nöch viel, viel mehr!«

Da hört Ole plötzlich ein Stapfen und ein Klirren. Der Hausmeister, der vorhin in der Klasse den Schneeball inspiziert und Frau Lümmerling dabei die ganze Zeit verzückt angelächelt hat, kommt mit einer Kiste voll Gläser und Flaschen auf den Glascontainer zu.

Ole kann sich nicht erinnern, jemals einen so großen Menschen wie den Hausmeister gesehen zu haben. Der Hausmeister trägt eine blaue Latzhose und hat lange Haare und einen Bart. Vorhin in der Klasse hat er noch riesige Öko-Latschen getragen, aber jetzt steht er in seinen riesigen Stiefeln, mit denen sogar Bigfoot bestimmt bequem über die Rocky Mountains stiefeln könnte, ganz nah vor Ole. Klirrend wirft er das Altglas in den Container. Die leeren Honiggläser aber sortiert er sorgsam aus.

»Sie liebt mich ... Sie liebt mich nicht ... Sie liebt mich ...«, orakelt der Hausmeister und stellt dabei jedes Mal vorsichtig ein leeres Honigglas neben den Container. Ole versucht, sich noch kleiner zu machen. Doch als der Hausmeister das letzte Honigglas aus der Kiste fischt und dabei traurig seufzend »Sie liebt mich nicht« sagt, ruft der Schneeti laut und deutlich aus der Kühltasche: »Döch! Sie liebt dich!«

Holy Moly! Ole würde am liebsten im Erdboden versinken, als sich der Hausmeister zu ihm herunterbeugt. »Meinst du wirklich?«, fragt er und sieht Ole hoffnungsvoll aus seinen warmen honigbraunen Augen an.

»Äh«, antwortet Ole und macht, was man in komischen Situationen eben macht: lieb gucken und lächeln. Und während Ole lieb guckt und lächelt und der Schneeti blitzschnell in ein Honigglas hopst, auf dem ein Papierstreifen mit einer aufgedruckten Sonne und einer Honigbiene klebt, fällt Ole zum Glück doch noch eine passende Weisheit ein. »Auf jeden Topf passt ein Deckel, sagt mein Opa Ottokar immer.«

»Dein Opa muss ein sehr kluger Mann sein.« Ole nickt. »Ja, man muss das Leben von der Sonnenseite sehen, dann hat man mehr davon!«, sagt der Hausmeister und lacht – genau wie die Sonne, die auf seinen Handrücken tätowiert ist und die Ole von den »Atomkraft? Nein danke«-Aufklebern kennt. »Du bist doch der Neue aus Frau Lümmerlings Klasse, richtig?« Wieder nickt Ole. »Junge, hast du ein Glück! Mit deiner Klassenlehrerin hast du das ganz große Los gezogen. Ich bin Heiko, aber du darfst ruhig Höko zu mir sagen. Das machen alle.«

»Ich bin Ole«, sagt Ole und staunt, als Höko in seine Hosentasche greift und ihm zwei braune Kugeln reicht, die wie Pferdeäpfel aussehen.

»Hier! Kannst du auf dem Nachhauseweg an Sträucher oder Zäune hängen. Die Meisenknödel hab ich selbst gemacht. Die Meise ist mein Krafttier, weißt du?«

»Knödel! Jöm-jöm!«, hört Ole den Schneeti hinter dem Hausmeister aus dem ausgeschleckten Honigglas juchzen und damit Höko keinen Verdacht schöpft, sagt Ole schnell: »Knödel! Jam-jam! Ich liebe Knödel!«

»Sind echte Kraftpakete! Nur die allerbesten Zutaten. Sonnenblumenkerne, Kokosfett, Nüsse … Willst du mal kosten?«, fragt Höko.

ATOMKRAFT?
NEIN DANKE

Schon bricht er ein kleines Stück von dem selbst gemachten Meisenknödel ab und reicht es Ole. Ole muss immer noch an Pferdeäpfel denken und ihm wird schon ein bisschen flau, aber da muss er jetzt durch.

»Wir leben hier zwar auf dem Land …«, sagt Höko. »Aber Kiesgärten, Monokultur, Insektensterben, Klimawandel und der ganze Mist. Die armen Vögel finden ja kaum noch was zu fressen …«

Vorsichtig kaut Ole auf dem Stück Meisenknödel herum.

»Und? Schmeckt's?«, fragt Höko.

Ole nickt. »Wie Müsliriegel.«

»Die Luft ist jetzt übrigens rein. Die Kojoten haben sich verpieselt.«

Ole sieht den großen Hausmeister verwundert an. Woher weiß Höko denn, dass Ole sich vor den Kojoten versteckt hat? Doch Höko sagt nur: »Aus über zwei Metern Höhe hat man einen erstaunlich guten Überblick. Das kannst du mir glauben! Wenn du mal selbst geimkerten Waldhonig oder Meisenknödel oder sonst irgendetwas brauchst, komm einfach zu mir. Klar?«

Ole nickt.

»Mmh, war völl lecker, der Hönig! Jöm-jöm!«, lobt der Schneeti. »Musst du auch mal pröbieren, Öle!«

Ole lächelt und schwingt erleichtert die Kühltasche, als er mit dem Schneeti das Schulgelände verlässt.

»Höher!«, jauchzt der Schneeti, dem die Schaukelei offenbar gefällt. »Mach mal Schiffschaukel!«

Ole tut ihm den Gefallen und schaukelt die Tasche noch höher.

»Und jetzt Lööping! Lööping!« Ole schwingt die Tasche im Kreis. »Yöppie«, jubelt der Schneeti. »Und jetzt höchwerfen!«

»Ich kann aber nicht gut werfen!«, protestiert Ole.

»Wetten döch? Pröbier's döch einfach mal!«

Da wirft Ole die Tasche hoch in die Luft und fängt sie zu seiner Überraschung problemlos wieder auf. Und als er sich noch einmal zur Schule umdreht, sieht er, wie Höko ihm mit seiner großen Sonnenhand lächelnd hinterherwinkt.

6

Der Cool-down

So leise, wie er nur kann, schließt Ole die Tür zur neuen Wohnung auf und schleicht in den Flur. »Hallo!«, ruft er.

»Hallöle!«, grüßt der Schneeti zurück.

»Pscht! Holy Moly! Dich meine ich doch nicht!«, flüstert Ole in die Kühltasche. »Ich will doch nur checken, ob jemand da ist.«

Aber die Luft ist rein, Oles Eltern sind noch nicht zu Hause. Ole eilt in sein Zimmer. Und während der Schneeti schon mit lauten »Höppalas« auf Oles Bett herumhüpft, krabbelt Ole, der noch nicht mal seine Jacke und seine kanadischen Schneestiefel ausgezogen hat, auf dem Boden herum und wühlt in den unausgepackten Kartons.

»Na endlich!«, sagt er, als er in einem großen Umzugskarton eine silberne Schachtel findet. Ole hebt den Deckel, auf dem »Für Forschungen und

Experimente« steht, und schnappt sich seine Super-Leselupe mit LED-Licht. Die hat er vor dem Umzug von Frau Wussel geschenkt bekommen, weil er die Leuchtlupe schon immer so toll fand und Frau Wussel eine neue, noch coolere Lupe von der Krankenkasse bekommen hat.

Mitten in seinem nächsten Hopser fängt Ole den Schneeti auf und sieht ihn mit der Leuchtlupe mit Zwanzigfach-Vergrößerung an.

Der Schneeti kugelt sich vor Lachen. »Öle, dein Auge! Dein Auge! Das ... das ist ja nöch größer als Rudölphs Nase!«, juchzt er, als Ole ihn mit durch die Lupe riesenhaft vergrößertem Forscherauge untersucht.

»Rudölph?«, fragt Ole.

»Na Rudölph! Das Rentier! Der ist döch sögar eingestrickt – in deine Jacke! Guck! Hier!«

Doch Ole hat jetzt wirklich keine Zeit für gestrickte Rentiere, er steckt mitten in seinen Forschungen. Mit seinem Zeigefinger streicht er über das Schneeti-Fell und pustet hinein.

»Söfört aufhören!«, kreischt der Schneeti. »Das kitzelt!«

Doch Ole pustet noch einmal sanft ins daunenweiche Schneeti-Fell und ist fasziniert. »Wow! Holy Moly!«, ruft er. »Deine Haare … äh, deine Zotteln, dein Fell oder dein Federpelz oder wie immer man deine Wuschelhaare auch nennt – die sehen ja aus wie Sterne! Nein, ich hab's! Wie Eiskristalle!«

»Na lögö! Wie denn sönst?«, antwortet der Schneeti und Ole macht vor Staunen noch größere Augen. Jedes bauschige, warmkalte Eiskristallhaar sieht anders aus und als Ole noch genauer hinschaut, ist ihm, als blicke er in ein kuscheliges, weiß glitzerndes Sternenmeer.

Ole streichelt über das Sternenfell an Schneetis Bauch, der plötzlich – *knööörrr* – höllisch laut zu knurren beginnt.

»Sörry«, sagt der Schneeti und blickt Ole, dem vor Schreck beinahe die Lupe aus der Hand gefallen wäre, mit hungrigen Augen an.

»Hast du etwa schon wieder Hunger?«, fragt Ole.

»Jöp! Ich muss mich döch runterkühlen!«

»Mit Essen?«

»Jöp!«

»Abgefahren!«, sagt Ole und hat eine Idee. »Warte hier! Ich bin gleich wieder da.«

Schnell holt er ein Fieberthermometer aus dem Badezimmer und hält es dem Schneeti ans Puschelohr, bis das Thermometer piept.

»Minus neun Grad«, liest Ole vom Display ab und ist überrascht, dass das Thermometer tatsächlich Minusgrade anzeigt.

»So und jetzt wollen wir doch mal sehen …«, sagt Ole. Er öffnet seinen Kleiderschrank und fischt ein Adventspäckchen mit Weihnachtsplätzchen und Leckereien zwischen seinen selbst gestrickten Socken hervor. Das hat Frau Wussel ihm letzte Woche an die neue Adresse, in die Meisengasse 13, geschickt. Ole schnappt sich den großen, glänzenden Schokoladennikolaus. Eigentlich wollte er ihn ja für später aufbewahren, aber: Für die Forschung ist Ole bereit, Opfer zu bringen.

»Jöm-jöm! Schökölade!«, jubelt der Schneeti, als er den Nikolauskopf schmatzend verdrückt, und schon sinkt seine Temperatur.

»Minus zehn Grad!«, sagt Ole und staunt. Der Schneeti mampft fröhlich weiter.

»Wow!«, ruft Ole. »Du machst den Cool-down! Minus elf Grad … Minus zwölf Grad ….«

»Bei minus 13 Grad fühle ich mich am pudelwöhlsten. Da ist es sö richtig muckelig. Ideale Flöckentemperatur!«, sagt der Schneeti und schaut traurig auf das, was vom Nikolaus übrig geblieben ist: das Silberpapier. »Hast du nöch mehr Schökönikölause? Österhasen nehme ich sönst auch!«

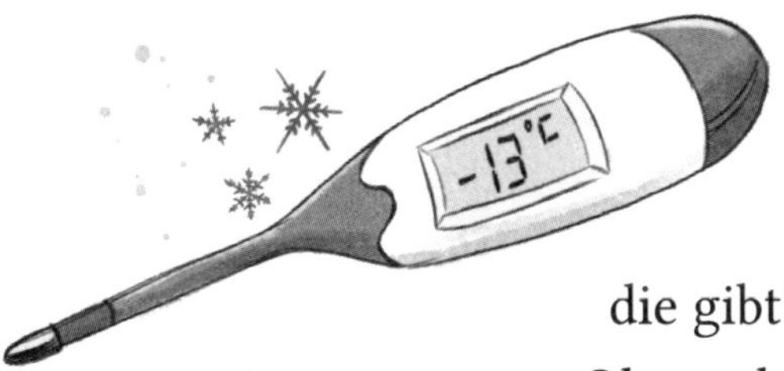

»Sachen gibt's, die gibt's nicht! Wahnsinn!«, sagt Ole und drückt dem Schneeti aufgeregt einen Zimtstern in die Pfotentatzen. »Eiskristallhaare und Cool-down! Das muss ich Opa Ottokar erzählen!« Ole stürmt zum Telefon und wählt in Windeseile eine sehr lange Nummer, doch er kommt nicht durch.

»Manno! Immer noch eingefroren!«

»Eingefrören?«, fragt der Schneeti mit vollem Mund.

»Die Telefonleitungen von Opa Ottokar!«

»Öpa Öttökar!«, sagt der Schneeti und schmunzelt geheimnisvoll, als würde er sich an etwas Schönes erinnern. Und dann passiert noch etwas Wundersames: Der Schneeti beginnt, vor Freude zu leuchten – strahlend blau-grün-gelb-rot-violett – wie magisches Polarlicht.

»Wow!«, ruft Ole. »Was war denn das jetzt?«

»Was?«, fragt der Schneeti.

»Du hast doch gerade geleuchtet!«

»Ach sö! Aber das ist döch ganz nörmal!«

»Normal?«, fragt Ole und ist schon gespannt, welche Überraschung wohl als Nächstes passiert, da klingelt es plötzlich unten an der Haustür.

»Holy Moly? Wer ist das denn?«, fragt Ole sich und öffnet die Tür zu seinem Zimmerbalkon. Doch weil Ole Höhenluft gar nicht so gut vertragen kann und ihm sogar schon mal auf Hungs Hochbett so schwindelig geworden ist, dass seine Mutter ihn huckepack heruntertragen musste, tastet er sich auf allen vieren zur Brüstung vor.

Ole sieht niemanden. Nur Spuren von drei Kojoten und einen hundsgemeinen Schriftzug im Schnee: »Oll, oller, Ole!«, liest er und weiß, was zu tun ist.

7

Der Monsterwald

»He! Wö willst du denn hin?«, ruft der Schneeti, als er Ole auf dem verlassenen Bürgersteig eilig hinterherhopst.

»Weg!«, antwortet Ole mit wild entschlossener Miene und richtet seinen rostigen Expeditionskompass auf Westnordwest.

»Ökidöki! Ich kömm mit!«

»Tu, was du nicht lassen kannst!«, grummelt Ole, dem gerade ganz und gar nicht nach Sprechen, sondern nur nach Weglaufen zumute ist.

Ole zieht den alten, mit seinem Wanderrucksack beladenen Holzschlitten mit dem herumhüpfenden Schneeti im Schlepptau durch die Wohnsiedlung. In den Schlitten hat schon sein Opa Ottokar seine Anfangsbuchstaben »O. K.« eingeritzt, als er so alt war wie Ole jetzt.

Ole stapft immer weiter, vorbei am Schwimmbad

und Inges und Izmirs Gemüse-Kebab-Bude, vorbei an einer einsamen Bushaltestelle, über eine Landstraße – immer weiter der zitternden Kompassnadel nach Richtung Westnordwest.

Als sie an einem Bauernhof vorbeilaufen, in dessen alten Türbalken der Name *Ewald Schultenschulz* und *Anno 1828* eingeschnitzt ist, balanciert der Schneeti auf den Zaunlatten. »Wöff-wöff!«, bellt er freundlich einem struppigen Hofhund zu und krault ihn hinterm Ohr.

Da ist Ole schon ohne einen Mucks vorgelaufen und der Schneeti flitzt hinterher.

»Ist es nöch weit?«, ruft der Schneeti. Ole nickt, dass der Bommel auf seiner selbst gestrickten Pudelmütze wackelt.

»Nöch richtig, richtig, sehr, sehr weit?«, fragt der Schneeti und hopst auf Oles Schulter.

»Holy Moly! Ja! Es ist noch mega-mega-megaweit! Wir sind doch immer noch in Mitteleuropa!«

»Und wö wöllen wir hin?«, möchte der Schneeti wissen.

»Wo du hinwillst, weiß ich nicht, aber ich will nach Kanada!«, sagt Ole genervt und läuft schweigend weiter quer über ein weites Stoppelfeld. Als sie einen Waldrand erreichen, bleibt Ole plötzlich vor einem großen Findling stehen, auf dem in blutroten Buchstaben etwas geschrieben steht.

Der Schneeti hüpft auf den Stein und sieht Ole voller Vorfreude an. »Hurra! Machen wir jetzt endlich-endlich Kaffeepause?«

Ole schüttelt den Kopf.

»Monsterwald – Betreten verboten!«, liest er vom Stein ab und schluckt. »Äh ... Vielleicht sollten wir doch lieber einen Umweg gehen.«

»I wö!«, sagt der Schneeti. »Mönster! Hier? Das ist döch Kökölöres! Ich geh vör!«

Und noch ehe Ole protestieren kann, ist der Schneeti schon in den Monsterwald gehopst und posaunt beim Springen ein Lied in den Wald, das

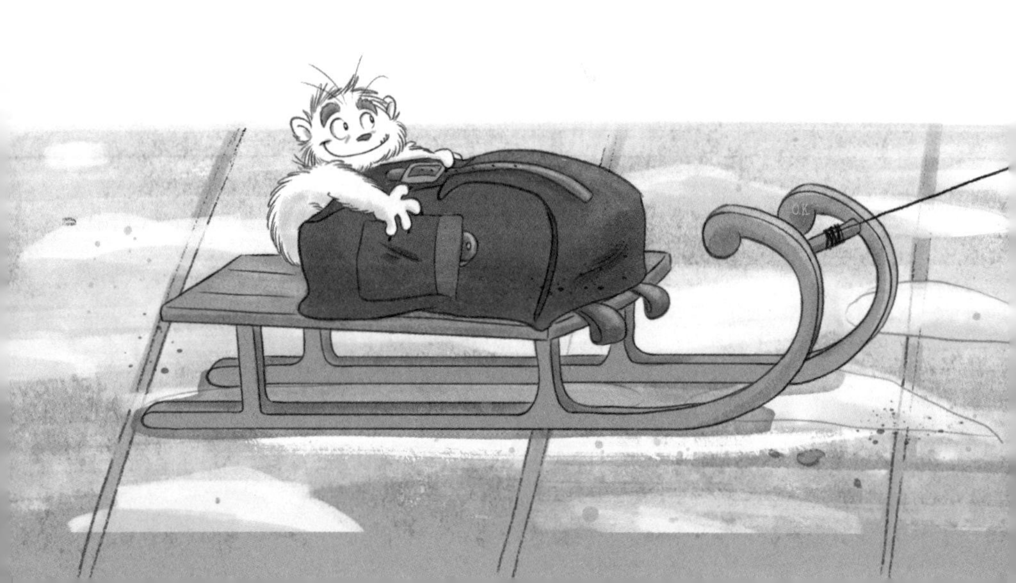

Ole früher ganz oft mit Opa Ottokar gesungen hat. »Und eins und zwei und drei und vier und fünf und sechs und sieben und acht und neun und zehn.«

Der Schneeti, der bei jeder Zahl einen Satz in den Wald gemacht hat, dreht sich zu Ole um. »Kömm, Öle! Sei kein Frösch! Mach mit!«, ruft er und Ole gibt sich einen Ruck.

Schneeti:

Ein Hut,
ein Stöck,
ein Regenschirm.
Und vörwärts,
rückwärts,
seitwärts,
ran –
Hacke,
Spitze,
höch das Bein!

Ole:

Ein Hut,
ein Stock,
ein Regenschirm.
Und vorwärts,
rückwärts,
seitwärts,
ran –
Hacke,
Spitze,
hoch das Bein!

Immer tiefer geht es in den Wald hinein. Morsche Äste knarzen unter Oles Füßen. Ein eisiger Wind pfeift zwischen den Bäumen hindurch, dass sich die kahlen Birkenäste biegen wie knorrige Riesenungeheuerarme.

Langsam wird es Ole doch ein bisschen unheimlich und er bekommt unter seiner großen Opa-Strickjacke eine kribbelige Gänsehaut. Natürlich glaubt er nicht ernsthaft, dass er hier jetzt gleich einem Monster begegnet, aber wie sagt Opa Ottokar immer: »Es gibt nichts, was es nicht gibt.« Und vor ein paar Tagen hat Ole ja auch noch nicht an Schneetis geglaubt.

Ole hüllt sich noch enger in seine Jacke ein, da sieht er einen großen Stock und hat eine Idee. Genau! Den Stock kann er als Wanderstab oder – wenn es hart auf hart kommt – als Monsterwaffe benutzen (auch wenn Kämpfen bisher eigentlich nicht die Bohne zu Oles Spezialtalenten zählt.)

Ole stellt sich gerade vor, wie er den Monstern mit dem Stock ordentlich eins auf die Mütze gibt, da hört er plötzlich gruselige Schreie.

»RÖÖÖR! RÖÖÖÖÖR!«

Vor Schreck lässt Ole den Stock fallen. Sein Herz pocht wie ein Presslufthammer. Schnell duckt er sich hinter einen Baumstamm, da schallt es schon wieder durch den Monsterwald.

»RÖÖÖÖÖR! RÖÖÖÖÖÖÖR!«

Da! In der Baumhöhle! Bewegt sich da was?

Ja.

Holy Moly!

Das ist doch …

… der Schneeti!

Mit rollenden Augen und schlenkernden Armen springt der Schneeti aus der Baumhöhle. Wild stampft er mit seinen Pfotentatzen auf einen Ast, trommelt sich auf die Brust und baut sich wie ein kleiner King Kong über Ole auf.

»RÖÖÖÖÖÖÖR! Ich bin ein Mönster! Ein Schneeti-Mönster!«, brüllt der Schneeti und verzieht sein Gesicht zu einer Monstergrimasse. Dann macht er am Ast wie an einer Turnstange eine halbe Vorwärtsrolle, sodass er jetzt direkt vor Oles Nase kopfüber vom Ast baumelt.

»Reingefallen!«, sagt der Schneeti und schnipst mit einem breiten Grinsen gegen Oles Mützenbommel.

»Das kriegst du zurück!«, droht Ole. Doch noch ehe er sich den Schneeti schnappen kann, hat der sich schon wieder am Ast hochgeschwungen.

Mit einem Satz springt der Schneeti auf den Waldboden, streckt Ole die Zunge heraus und ruft: »Fang mich döch, du Eierlöch!«

»Na warte! Wenn ich dich erwische! Ich mache Zuckerwatte aus dir!«, donnert Ole und läuft dem Schneeti, der wie ein weißer Blitz zwischen den Bäumen davonflitzt, lachend hinterher.

8

Der Hochsitz

Ole folgt den kleinen Pfotentatzen-Spuren, so schnell er kann, und noch ehe er den Schneeti sehen kann, hört er ihn rufen: »Öle! Kömm schnell! Ich habe ein Schlöss gefunden! Mit Leiter!«

Ole ist ganz außer Atem, als er auf eine Lichtung gelangt und den Schneeti auf einer vermoosten Holzleiter stehen sieht.

»Das ist kein Schloss«, sagt Ole und schnappt nach Luft. »Das ist ein Hochsitz!«

»Ist döch Jacke wie Höse! Kömm!«, ruft der Schneeti und springt voll Abenteuerlust die Leiter hoch. Ole blickt an der langen, morschen Leiter, an der schon ein paar Sprossen fehlen, zum erstaunlich hohen, verlassenen Hochsitz hoch und zögert.

»Wörauf wartest du?«, fragt der Schneeti. »Na, kömm schön!«

»Ich bleib lieber unten«, sagt Ole, dem der Hochsitz noch tausendmal höher als Hungs Hochbett vorkommt. »Ich kann nicht so gut klettern.«

»Ach, Kökölöres! Das schaffst du döch, Öle!«, sagt der Schneeti, springt über Oles Kopf die Leiter herunter und zupft ihn an der Hose. »Ich höpse hinter dir und pass auf! Ökay?«

»Aber du kannst mich doch gar nicht auffangen«, entgegnet Ole.

»Wetten döch! Und öb ich das kann!«

Vorsichtig setzt Ole seinen Fuß auf eine moosgrüne Sprosse. Obwohl Ole Klettern auch nicht gerade zu seinen Spezialtalenten zählen würde, steigt er langsam die Leiter hoch.

»Das ist ja megahoch!«, sagt er, als er noch nicht einmal auf der Mitte der Leiter angekommen ist.

»Schön nach öben gucken, Öle! Das ist das A und Ö! Blöß immer schön nach öben gucken!«, sagt der Schneeti. Da klettert Ole weiter und wundert sich, wie schnell er plötzlich oben ist.

»Töll hier auf unserem Höchsitz, öder?«, sagt der Schneeti und Ole nickt. Auf dem Hochsitz ist es wirklich mehr als toll! Supertoll! Es gibt ein Dach, unter dem Ole sich sicher fühlt, eine Bank zum Hinsetzen, Höhenluft, die nach Tannennadeln riecht, und die allertollste Aussicht. Ole staunt, wie weit man von hier oben durch die Luken gucken kann, und lässt seinen Blick über die Baumkronen schweifen. Dann holt er sein Fernglas aus dem Rucksack, checkt seinen Kompass und zeigt Richtung Westnordwest.

»Da, in diese Richtung, da ist Kanada! In ungefähr 6.746 Kilometern. Und da …« Ole schaut auf die Kompassnadel und deutet Richtung Nordost. »Und dort muss in so ungefähr Pi mal Daumen 320 Kilometern Hellabach sein. Da haben wir gewohnt«, sagt Ole mit trauriger Stimme. »Das kann man aber nicht sehen. Ist viel zu weit weg.«

Ole wünschte, er könnte mit seinem Fernglas bis in Frau Wussels Wohnzimmer schauen und den Zwergdackel Samson sehen, der jetzt bestimmt gemütlich eingerollt auf dem Sofakissen liegt.

Da fragt der Schneeti: »Darf ich auch mal?«

Schon hüpft er auf Oles Schulter. Mit seinem kitzligen Fell lehnt er sich an Oles Wange und linst durchs Fernglas. »Höly Möly! Da öben! Die Wöl-

ken, die sind ja ganz nah! Und da, da, da, da! Da unten!« Aufgeregt zeigt der Schneeti mitten auf den Monsterwald. »Da sind Schatzkisten! Ganz viele Schatzkisten!«

Tatsächlich! Jetzt sieht Ole sie auch und staunt, als er die vielen Holzkisten zwischen den Bäumen entdeckt.

»Das … das sind keine Schatzkisten! Das sind Bienenstöcke! Die Bienen machen jetzt bestimmt ihren Winterschlaf.«

Ole schwenkt das Fernglas und ruft plötzlich: »Guck mal, Schneeti! Dahinten, hinter der großen Straße, da ist die Feuerwache! Da arbeitet meine Mama! Die ist da der neue Boss!«

»Ist ja cööl!«, sagt der Schneeti. »Bist du dann schön mal mit dem Feuerwehrwagen mitgefahren?«

Ole nickt. »Schon ganz oft. Sogar schon, als ich noch in Mamas Bauch war!«

»Hast du aber ein Glück!«, sagt der Schneeti beeindruckt.

»Oh, schau mal!«, flüstert Ole plötzlich ganz aufgeregt, als er eins, zwei, drei, vier, fünf, sechs, sieben, acht, neun Rehe entdeckt, die plötzlich in der Abenddämmerung zwischen den kahlen Bäumen auf die noch leicht mit Schnee bedeckte Waldlichtung springen.

»Schön, öder?«, flüstert der Schneeti ganz nah an Oles Ohr und Ole nickt.

Da knurrt dem Schneeti der Magen so laut, dass alle neun Rehe ihre Lauscher aufstellen.

»Keine Angst! Ich bin's döch nur! Der Schneeti!«, ruft er den Rehen zu, die sich zu Oles Verwunderung sofort wieder zu beruhigen scheinen und genüsslich weiteräsen.

»Sag bloß, du hast schon wieder Hunger!?«

Der Schneeti nickt. »Jöp! Riesengrößen Hunger!«

»Ich auch«, sagt Ole, kramt in seiner Tasche und findet Hökos Meisenknödel.

Dem Schneeti läuft das Wasser im Mund zusammen. »Mmh, Knödel! Jömmy!«

»Die sind aber nicht für uns«, sagt Ole und hängt die beiden Knödel für die Vögel an einen langen, knorrigen Ast, der fast bis zur Sichtluke reicht. »Weißt du, was? Bestimmt hat Papa zu Hause den Kühlschrank schon wieder aufgefüllt. Wetten?!«

Der Schneeti leckt sich über die Lippen. »Mit Jöghurt? Und Harzer Röller?«

»Kann sein«, antwortet Ole.

Da schlägt der Schneeti die Pfotentatzen über dem Kopf zusammen und lässt sich auf die Bank fallen. »Öje-öje-öje, wie schrecklich, eine Kataströphe! Ja, wer söll denn jetzt nur den ganzen schönen Jöghurt essen, wenn wir nicht da sind?« Da hat der Schneeti eine Idee.

»Öle?«, sagt er und hopst auf Oles Hand. »Aufgehöben ist döch nicht aufgeschöben, öder?«

»Das sagt Opa Ottokar auch immer«, antwortet Ole. »Du meinst, wir sollen ein anderes Mal nach Kanada?«

Der Schneeti nickt. »Jöp!«

»Okay«, sagt Ole. »Wenn wir uns beeilen, sind wir vielleicht schon zu Hause, bevor Mama und Papa merken, dass ich weggelaufen bin.«

»Yöppie! Jöghurt, wir kömmen!«, juchzt der Schneeti. »Du kannst dich auch auf den Schlitten stellen wie auf ein Snöwböard! Und ich ziehe dich, ökay, Öle?«

Ole schultert seinen Wanderrucksack. »Aber erst müssen wir hier runter. Du gehst vor!«

»Ökidöki! Ist geböngt«, sagt der Schneeti und hopst die erste Sprosse runter. »Kömm, Öle!«

»Aber … Halt! Stopp! Warte!«, sagt Ole und zögert. »Wenn wir heute nicht mehr auswandern, dann muss ich morgen wieder in die doofe Schule.«

»Na und? Ich kömm döch mit! Ich bin döch bei dir. Das wird töll! Und wegen Röccö mach dir mal keine Sörgen. Die Köjöten werden nöch ihr blaues Wunder erleben!«

»Versprochen?«, fragt Ole.

»Verspröchen!«, sagt der Schneeti und schlägt mit seiner kaltwarmen Pfotzentatze in Oles Hand ein.

9

Vom Nordpol zum Südpol

Abends hopst der Schneeti auf Oles leuchtendem Globus vom Nordpol zum Südpol, von Tibet nach Tunesien und von Kanada nach Madagaskar. Ole sitzt in seinem warmen Bett. Sein Bauch ist genau wie Schneetis Bauch voll mit leckeren Kartoffelpuffern, Apfelmus und kanadischen Waffeln mit Ahornsirup. Die durfte Ole heute zum Nachtisch backen und er konnte unter seiner Strickjacke sogar noch einen Harzer Roller für den Schneeti in sein Zimmer schmuggeln. Der Wanderstock aus dem Monsterwald lehnt an der Wand und Ole schnitzt mit seinem Superschnitzmesser weiter an der Rentierfigur.

»Von dem Hochsitz dürfen wir keinem erzählen! Das ist unser hochgeheimer Geheim-Hochsitz. Okay?«, sagt Ole.

»Ökidöki! Ehrenwört«, antwortet der Schneeti und springt von der Sahara zum Kilimandscharo. »Ich bin der schnellste Schneeti der Welt!« Schon sprintet der Schneeti über den Globus, der sich unter seinen Pfotentatzen dreht wie ein Karussell, und springt »Höppala« mit einem doppelten Vorwärtssalto in einen leeren Karton.

»Cööl! Hast du das gesehen?!«, fragt der Schneeti, da steckt Oles Mama ihren Kopf in die Tür. Und als sie das Durcheinander in Oles Zimmer sieht, freut sie sich.

»Oh, Ole! Na endlich! Wie schön! Hast du doch schon weiter die Kartons ausgepackt? Wenn wir dir helfen sollen, sagst du Bescheid, ja?«

»Mach ich ...«, antwortet Ole und versucht schnell, vom Thema abzulenken. »Mama? Vom Joghurt und vom Stinkekäse, da könnt ihr jetzt ruhig immer mehr kaufen, okay?«

Oles Mama ist ganz verblüfft. »Unser Sohn packt die Kisten aus. Unser Sohn isst Joghurt und Harzer Roller. Es geschehen ja noch Zeichen und Wunder«, sagt sie und lacht.

»Mama?«, fragt Ole. »Glaubst du an Monster? Oder an Riesen? Oder an Zwerge und Kobolde?«

»Ich bin kein Köböld, klarö!?«, empört sich der Schneeti und Ole hofft, dass seine Mutter nichts gehört hat.

»Du kannst Fragen stellen, Schnuffelsocke«, sagt Oles Mutter. »Ich glaube an die menschliche Fantasie. Aber ich kenne jemanden, der dir dazu bestimmt viel erzählen könnte.«

»Opa Ottokar!«, ruft Ole und Oles Mama nickt. Und dann möchte Ole noch mal die Geschichte von Opa Ottokar hören, der sich, als er so alt war wie Ole jetzt, im Harz im tiefsten Winter alleine mit seinem Schlitten und seinem Kompass aufgemacht hat.

Opa Ottokar hatte in einem alten Buch Legenden von haarigen Riesen gelesen – von Bigfoot und vom Yeti. Doch damals konnte er unmöglich nach Kanada oder zum Himalaya gelangen, weil weite Reisen in der DDR verboten waren. Und deswegen wollte Opa Ottokar nachforschen, ob es nicht auch auf dem Brocken, dem höchsten Berggipfel des Landes, unentdeckte Bergmonster gab.

Und so hat Opa Ottokar sich damals drei Tage vor Weihnachten – aller Verbote zum Trotz – bei Eis und Schnee todesmutig zu einem gefährlichen

Abenteuer aufgemacht, um als erster Junge der Welt ein echtes Schneemonster zu entdecken.

Die Geschichte ist so spannend, dass sogar der Schneeti in seinem Karton mucksmäuschenstill sitzt und gebannt die Öhrchen spitzt.

10

Das Pausen-Iglu

»Platz da! Woohoo!!«, ruft Rocco so laut, dass es jeder hören kann, als er wieder mal als Schnellster auf dem Schulhof über die zugefrorene Pfütze schlittert. Wie ein Champion reißt er die Arme in die Luft und schielt dabei zu den drei Maries – genauer gesagt zu Marie, Marie-Sophie und Marie-Lou –, die sich zusammen mit der halben Klasse um die Rutschbahn geschart haben.

Ole geht Rocco und seiner grölenden Kojoten-Bande lieber aus dem Weg. Auf dem versteckten Platz hinter den Klettergerüsten und der Kräuterspirale findet er endlich ein ruhiges Fleckchen, an dem er seinen Trinkjoghurt mit dem hungrigen Schneeti teilen kann.

»Jöm-jöm, Mangö!«, sagt der Schneeti und leckt sich in der Kühltasche über die Lippen.

Ole lugt durch die kahle Hecke mit den vielen

Meisenknödeln und staunt: »Schau mal, Schneeti! Da ist ja ein Haus! Ein Minihaus! Auf Rädern!«

»Ein Haus mit Röllen! Cööl!«, sagt der Schneeti und Ole sieht sich alles genau an.

Auf der kleinen Veranda sieht er riesige Winterstiefel stehen. Auf dem Dach glitzern Solarzellen in der Wintersonne und neben dem Haus steht eine rote Fahrradrikscha mit einer Fahne, darauf lacht die Anti-Atomkraft-Sonne. Und ein Gemüsebeet, ein Gewächshaus und eine Fasssauna gibt es auch noch.

»Da wohnt Höko! Genial oder!?«, sagt Rafif, die plötzlich hinter Ole steht. »Hat er alles selber gebaut. Höko hat bestimmt einen minikleinen ökologischen Fußabdruck, auch wenn er echt große Füße hat. Mein Papa sagt, Höko ist ein Aussteiger. Keine Ahnung, was das ist. Aber sein Dinkel-Stockbrot schmeckt spitze! Und sein Honig erst! Den kauft mein Papa immer bei ihm. Du müsstest Höko mal sehen, wenn er seinen weißen Imkeranzug anhat! Dann sieht der aus wie ein Raumfahrer!«

Ole stellt sich vor, wie Höko in einem weißen Raumanzug als größter Astronaut der Raumfahrtgeschichte in den unendlich weiten Weltraum düst, da fragt Rafif: »Und hast du gesehen, wie komisch Höko Frau Lümmerling immer anguckt? Der wird immer rot wie eine Tomate, wenn er sie sieht … Ich glaube, die sind verknallt!«

Ole überlegt, ob er schon mal jemals jemanden getroffen hat, der noch schneller sprechen kann als Rafif, da hüpft Rafif so aufgeregt auf der Stelle, dass die Sohlen an ihren Winterschuhen, die sogar ausklappbare Gleitrollen haben, pink blinken. »Hey, ich hab die Idee! Wir bauen uns auch eine Hütte! Genau hier! Unsere Pausenhütte!«

»Oder ein Iglu! Ein Pausen-Iglu!«, schlägt Ole vor.

»Jöp! Ein Iglu! Ein Iglu!«, ruft der Schneeti aus der Kühltasche und macht einen Freudenhüpfer, dass die Kühltasche an Oles Arm hin und her schaukelt.

»Was war denn das?«, fragt Rafif.

»Das? Äh … nichts …«, sagt Ole und lenkt ganz schnell ab: »Zuerst müssen wir einen Kreis auf dem Boden ziehen. Für den Grundriss«, erklärt er und beginnt, mit seinen Füßen einen großen Kreis in den Schnee zu trampeln. Dann läuft Ole zum Glascontainer und schnappt sich eine von Hökos leeren Altglas-Kisten. »Und hier in der Kiste, da stampfen wir den Schnee zu Klötzen. Und mit den Schneeklötzen können wir dann das Iglu bauen.«

»Genial!«, ruft Rafif.

Und los geht's. Ole und Rafif sammeln so viel Schnee, wie sie können, in der Kiste und stampfen ihn zu Iglu-Bauklötzen. Und dann passiert etwas sehr Seltsames: Obwohl gar nicht mehr viel Schnee auf dem Schulhofrasen liegt, finden die beiden immer noch gerade genug für den nächsten Klotz. Ole linst zur Kühltasche und lächelt, denn er hat auch schon einen heißen Verdacht, wer hier seine Pfotentatzen im Spiel hat und für den Schneenachschub sorgt.

Ding-dang-dong. Der Pausengong klingelt.

»Cool! Die erste Reihe haben wir schon fertig!«, sagt Rafif und grinst Ole so breit an, dass er ihre mittlerweile drei Zahnlücken sehen kann. »Schlag ein!« Rafif hält Ole ihren Fäustling hin, da stehen plötzlich die Kojoten vor ihnen.

»Ach! Wie niedlich!«, höhnt Rocco. »Was bauen sich der olle Ole und Raffifikus denn da? Eine olle Hundehütte oder was? Mal gucken, was die aushält?« Schon springen die Kojoten auf den Schneeklötzen herum und trampeln alles zu Matsch.

»He! Stöpp! Was söll das?«, ruft der Schneeti und tobt, dass die Kühltasche wackelt.

»Oh! Was habt ihr denn da? Hundeleckerlis?«, fragt Rocco und reißt Ole die Kühltasche aus der Hand.

»Gib mir sofort meine Tasche zurück!«, schreit Ole und versucht, sich die Kühltasche zu schnappen.

»Das ist gemeiner Taschendiebstahl!«, faucht Rafif, als sie auf Rocco zustürmt.

Doch Rocco reckt seine Beute hoch in die Luft und spricht zu Ole und Rafif, als wären sie kleine Hunde: »Ja fein, ihr kleinen Kläffer! Fangt die Tasche! Fangt die Tasche!« Dann wirft er die Kühltasche über Oles und Rafifs Köpfe hinweg zu Tengis. Der wirft sie zu Joschi und Joschi wirft sie wieder zu Rocco. Rocco fängt die Tasche, greift sie bei den Trageschlaufen und dreht und dreht sich wie ein Diskuswerfer. »Ab aufs Dach mit dem ollen Ding«, brüllt Rocco und zielt mit seinen Blicken aufs

Schuldach, als er hinter sich plötzlich eine laute Trillerpfeife hört. Unsanft lässt Rocco die Kühltasche auf den Boden fallen.

»Jetzt aber zacki, zacki, Kinder!«, ruft Herr Zakketti, ihr Sportlehrer, der heute Pausenaufsicht hat. »Ab in den Unterricht! Habt ihr die Klingel nicht gehört?«

»Schneeti! Alles okay bei dir?«, flüstert Ole in

die Kühltasche, als er sie behutsam vom Rasen aufhebt.

»Alles tippitöppi«, antwortet der Schneeti in Bestlaune. »Das war ja fast so cööl wie Achterbahn im Dunkeln!«

11

Eine heiße Rolle

Im Theaterraum sitzen alle auf der Bühne in einem Stuhlkreis und lesen zusammen »Frau Holle«, das Märchen für die große Weihnachtsaufführung.

Vorsichtig schiebt Ole dem Schneeti unterm Stuhl seine Strickjacke als Kissen unter die Kühltasche, damit er es nach seiner wilden Achterbahnfahrt bequemer hat, da flüstert Rafif Ole zu: »Ole, wollen wir uns vielleicht am Wochenende verabreden? Wir könnten ja was basteln oder noch mal überlegen wegen den Kostümen und so?«

Ole nickt. »Morgen am großen Stein am Monsterwald, okay?«

Rafif lächelt. »Genial!«

Am Ende des Märchens kommen sie an die Stelle, an der die Pechmarie statt mit einem Kessel voller Gold mit schwarzem Pech übergossen wird. Marie-

Sophie ist an der Reihe und liest vor, wie der Hahn auf dem Brunnen ruft: »Kikeriki, unsere schmutzige Jungfrau ist wieder hie.«

Da flüstert Rafif Ole ins Ohr: »Wetten, Marie, Marie-Sophie und Marie-Lou wollen alle drei die Glücksmarie und nicht die Pechmarie spielen?«

»So, ihr Lieben, nun lasst uns mal sammeln!«, sagt Frau Lümmerling und legt ein großes Papier in die Mitte. »Wenn wir das Märchen aufführen, welche Rollen könntet ihr denn dann spielen?«

»Glücksmarie!«, »Pechmarie«, »Frau Holle«, »Stiefmutter« »Hahn«, »Brot«, »Apfelbaum«, »Äpfel«, »Backofen«, rufen die Schüler in den Raum und schreiben ihre Ideen auf das Papier.

»Sehr schön!«, lobt Frau Lümmerling. »Fällt euch noch etwas ein?«

»Schneeflocken«, sagt Ole, der an den Schneeti denken muss.

»Natürlich! Wunderbar! Ihr könnt auch die Schneeflocken spielen! Im Theater ist alles möglich. Da können auch Flocken lebendig werden«, sagt Frau Lümmerling und hält Ole den Stift hin.

Ole schreibt gerade »Schneeflocken« auf das Ideenpapier, da sieht er, wie sich der Schneeti unter den Stühlen auf leisen Pfotentatzen bis zu Roccos Platz schleicht.

»Höhö!«, kichert der Schneeti und knotet Roccos Schuhbänder mit Doppelknoten an den Stuhlbeinen fest.

»Komm sofort da raus«, murmelt Ole, als der Schneeti in Roccos schwarze Hockeytasche krabbelt, die mit einem heulenden, scharfzahnigen Kojotenkopf bedruckt ist, und sich einen Schokoriegel und zwei saure Kaugummikugeln mopst, die er in seinen Backen hamstert. Zum Nachtisch nippt der

Schneeti noch an Frau Lümmerlings Kaffee. Dann hangelt er sich wie ein kleiner, kugelrunder Tarzan im Affenzahn am Theatervorhang hoch, springt auf einen Bühnenscheinwerfer und verschwindet unter der Decke in einem Luftschacht.

»Holy Moly!«, schreit Ole und wird von allen angestarrt, als er wie vom Blitz getroffen vom Stuhl aufspringt. »Frau Lümmerling! Darf ich schnell zur Toilette?«

»Gleich ist Schulschluss, Ole. Kannst du es noch so lange aushalten?«, fragt Oles Lehrerin.

»Ich muss aber!«, lügt Ole, der so schnell wie möglich dem Schneeti hinterherwill.

Da kräht Rocco: »Kikeriki, der olle Ole muss superdringend Pipi!«

Die ganze Klasse lacht. Nur Rafif verdreht die Augen und sagt: »Ihr seid ja sooo lustig! Gacker, gacker, gacker ... Schlimmer als die Hühner! Echt!«

»Natürlich, Ole, geh ruhig«, sagt Frau Lümmerling und wendet sich zu Rocco: »Du hast ja immer ganz heiße Sprüche drauf, Rocco. Wie wär's denn da, wenn du in unserem Weihnachtsmärchen auch eine ganz heiße Rolle spielst? Den Ofen!«

»Was!? Den Ofen?«, protestiert Rocco und kriegt jetzt schon – passend zu seiner Rolle – einen feuerroten Kopf.

»Schneeti, wo bist du? Komm sofort zurück!«, ruft Ole, als er suchend durch die Schule läuft. Doch in den leeren Klassenfluren, im Treppenhaus, in der Aula: vom Schneeti keine Spur. Ole schleicht sich an der offenen Tür des Hausmeisterbüros vorbei, in dem Höko gerade seine Honiggläser zu einer Pyramide türmt, nach draußen.

Suchend läuft er über den Schulhof und als er hinter den Klettergerüsten um die Ecke blickt, bleibt ihm vor Staunen der Mund offen stehen. »Holy Moly!« Wenn das Opa Ottokar sehen könnte! Da steht ein echtes Iglu! Das schönste und größte, das er je gesehen hat. Ole kriecht durch den Eingang und sieht mitten unter dem glitzernden Schneekuppeldach den kleinen Schneeti stehen, der gerade eine große Kaugummiblase platzen lässt.

»Hallöle, Öle!«, sagt der Schneeti und zwinkert Ole zu. Und mit einem Mal leuchtet der Schneeti wieder blau-grün-gelb-rot-violett auf und für ein paar Sekunden sieht es so aus, als würden echte Polarlichter unter der Schneekuppel tanzen.

»Wow! Wie hast du das gemacht?«, fragt Ole.

»Mit Schneeti-Schnee natürlich«, antwortet der Schneeti und als draußen schon die ersten Kinder jubelnd auf das Iglu zurennen, kühlt sich der Schneeti runter und wird plötzlich durchsichtig wie kristallklares Eis.

12

Fliegende Ideen

»Haaalllo, Ole«, ruft Rafif Ole schon von Weitem zu. Sie steht auf Zehenspitzen auf dem Monsterwald-Stein und winkt mit beiden Armen. »Weißt du eigentlich, warum der Monsterwald Monsterwald heißt?«

»Was?!«, ruft Ole zurück und der Schneeti fragt aus der Kühltasche: »Na, sö was! Wiesö schreit die denn sö?«

Da hält Rafif ihre Hände wie ein Megafon an den Mund und schreit: »Ob du wissen willst, warum der Monsterwald Monsterwald heißt!«

»Ja!«, ruft Ole zurück und beeilt sich.

Und kaum ist er in der Nähe des Steins, plappert Rafif schon wieder wie ein Wasserfall. »Also, die Leute sagen, der alte Bauer Ewald Schultenschulz, der hat ganz, ganz früher gelebt, vor über hundert Jahren. Und am 18. Dezember 1888, da war es ganz,

ganz kalt, da hat er beim Brennholzsuchen ein weißes Schneemonster gesehen. Da hat der Bauer Ewald sich so furchtbar erschrocken, dass er auf der Stelle schneeweiße Haare und einen schneeweißen Schnurrbart bekommen hat!«

Ole staunt und muss an den alten Bauernhof denken, an dem Schneeti und er schon vorbeigelaufen sind.

»Und vorletzten Winter, da war plötzlich diese rote Blutschrift auf dem Stein«, sagt Rafif und schnappt nach Luft. »Und seitdem behaupten die Leute, auch Lukas und Luzie, die Zwillinge aus der 4a, und Inge und Izmir vom Gemüse-Kebab-Imbiss, sie hätten hier im Wald ein riesiges weißes Ungeheuer gesehen, und sie sagen, das Schneemonster ist zurückgekommen. Nach über hundert Jahren. Und seitdem haben alle die Hosen voll und keine Socke traut sich mehr hier rein. Nicht mal meine Brüder! Und die sind alle älter als ich! Aber ich hab keine Angst. Ich kann Karate.«

»Echt?«, fragt Ole. »Welchen Gürtel hast du?«

»Den weißen«, antwortet Rafif. »Hab erst letzte Woche angefangen. Aber guck mal, was ich schon kann!« Rafif setzt ihre Kampfmiene auf, geht in

Kampfstellung und fuchtelt ziemlich komisch mit ihren Armen herum.

»Höhö, was macht die denn da? Wald-Yöga?«, fragt der Schneeti und kichert.

Rafifs Karatekünste sehen zwar wirklich nicht die Bohne bedrohlich aus, aber Ole möchte nicht unhöflich sein und tut trotzdem schwer beeindruckt. »Nicht schlecht, Frau Specht! Sieht brutal gefährlich aus!«

»Wow!« Rafif staunt, als sie endlich am Hochsitz ankommen. Flink wie ein Eichhörnchen, klettert sie die Leiter hoch und winkt Ole schon von oben zu, als der erst auf der dritten Sprosse steht.

Da huscht der Schneeti aus der offenen Kühltasche, kriecht in Oles Jackenärmel, flitzt zum Kragen, hangelt sich am Schal hoch und versteckt sich unter Oles Mütze. »Töll, Öle! Weiter sö! Denk an den Supertrick: immer schön nach öben gucken!«, flüstert er Ole durch die Mützenmaschen zu.

Ole tut, was der Schneeti sagt, und wundert sich, wie schnell er plötzlich wieder oben ist.

Auf dem Hochsitz steckt Rafif ihren Kopf nach allen Seiten durch die Luken. Und als sie ausgiebig und wortreich über die Aussicht gestaunt hat, hilft sie Ole dabei, am Nachbarast ein Vogelhaus aufzuhängen, das er zu Hause selbst gebaut und extra mitgebracht hat.

»Das ist aber ein schiefes Haus«, sagt Rafif.

»Na, hast du vielleicht schon mal ein gerades Monsterhaus gesehen?«, fragt Ole.

»Und wer soll da einziehen?«, möchte Rafif wissen.

»Na, Monstermeisen natürlich«, sagt Ole und lacht.

Später sitzen sie auf der Bank und Rafif kramt in ihrem Rucksack.

»Schau mal!«, sagt Rafif und hält Ole stolz ein hellblaues Heft unter die Nase, auf dem in verschnörkelter blauer Glitzerschrift steht:

Frau Holle

Weihnachtsmärchen der 3b

AG Bühne und Kostüm

Rafif Omari-Brettschneider und Ole Knüpfer

»Unser Ideen-Heft! Cool, oder?«

Ole nickt.

»Komm, wir legen uns auf die Bank! Im Liegen können die Ideen besser fliegen!«, schlägt Rafif vor.

Schon legen sich die beiden – Oles Bommelmütze neben Rafis Blink-Schuhen und Rafis Strickmütze neben Oles Kanada-Schneestiefeln – auf die morsche Holzbank. Durch die Luken schauen sie nach draußen. Ole blickt vom Vogelhaus, in das gerade tatsächlich eine Blaumeise einzieht, in den Himmel Richtung Kanada und Rafif sieht zu den Wolken. Und als Rafif sich vorkommt wie eine Schneekönigin im Himmelbett, fliegt ihr eine Idee in den Kopf. »Frau Holle könnte doch in einem riesigen Himmelbetthaus leben! Mit ganz vielen dicken Kissen und Decken! Und aus denen lässt sie es dann schneien!«

»Ja genau! Coole Idee!«, sagt Ole begeistert. »Und die Kostüme für die Schneeflocken müssen alle anders aussehen. In echt sehen nämlich auch alle Schneeflocken anders aus.«

»Wirklich? Alle xundneunzigmilliardentrilliarden Flocken?«, fragt Rafif.

»Klar, was denkst du denn?«, entgegnet Ole. »Und weißt du, was? Wenn Rocco weiter so gemein ist, dann verpassen wir dem ein echt oberdämliches Ofenkostüm. Dann guckt der aber doof aus dem Ofenrohr! Wetten?«, sagt Ole und macht ein so doofes Ofengesicht, dass sogar der Schneeti unter der Bommelmütze kichern muss.

»Mein Papa sagt, Rocco ist ein armer Junge.«

»Hä? Armer Junge? Wieso das denn?«, möchte Ole wissen.

»Roccos Vater und seine neue Frau, die kommen nie zum Elternabend oder zum Schulfest oder sonst wohin, sagt Papa. Sind angeblich immer total im Stress. Geschäftsreisen und so ... Oder sie müssen sich um Roccos kleine Halbschwestern kümmern. Na und? Mein Papa hat auch viel zu tun. Aber er kommt immer zum Elternabend und bringt sogar immer was Leckeres zu essen mit. Königsdatteln und Honig-Sesam-Kekse und so ...«

»Jöm-jöm«, hört Ole den Schneeti unter seiner Mütze sagen. Doch zum Glück plappert Rafif unbeirrt weiter.

»›Wenn einem etwas wirklich wichtig ist, dann nimmt man sich die Zeit‹, sagt mein Papa immer. Aber die haben das wohl anscheinend noch nicht gecheckt ... Aber ... da können wir ja wohl nichts für, oder?«

»Ne«, sagt Ole, dem Rocco jetzt fast ein bisschen leidtut.

»Hi-hi! Du hättest mal sehen sollen, was Rocco und die Kojoten für Augen gemacht haben, als sie nach der Schule unser Pausen-Iglu gesehen haben!«, sagt Rafif und grinst.

Ole stellt sich gerade die verdutzten Kojoten-Gesichter vor, da springt Rafif wie von der Tarantel gestochen von der Bank auf.

»Ole, ich glaube, ich weiß jetzt, wer das Pausen-Iglu gebaut hat!«

»Wer denn?«, fragt Ole und tut, als wüsste er von nichts.

»Na sicher, es kann nur einer gewesen sein! Überleg doch mal: Wer ist groß, stark und kann Häuser bauen?«

Ole zuckt mit den Schultern.

»Höko! Der Hausmeister natürlich!«, sagt Rafif und haut sich gegen den Kopf.

»Höhö«, hört Ole den Schneeti unter der Mütze lachen. »Das war döch nicht Höko, das war ich!« Und dann spürt Ole plötzlich, wie ein kalter Luftzug um seine Ohren weht und sich seine Bommelmütze hebt.

13

Ist der süüüß!

»Holy Moly!«, sagt Ole noch, da hört er einen schrillen Schrei.

»Ooohhh! Wie niiieeedlich! Ist der süüüß!«, kreischt Rafif so laut und quietschhoch, dass sogar die frisch eingezogene Meise vor Schreck wieder aus dem Monsterhaus flattert und dem Schneeti alle Flockenhaare zu Berge stehen.

»Und so fluffig! So einen habe ich ja noch nie gesehen! Wie funktioniert der? Mit Batterie? So einen wünsche ich mir auch zu Weihnachten! Und wie echt das Ding aussieht! Muss man da irgendwo draufdrücken?« Rafif streckt ihren Zeigefinger aus und drückt dem Schneeti auf den Bauch.

»Höhöhö-höhöhö!«, lacht der Schneeti.

»Witzig!«, sagt Rafif. »Funktioniert genau wie der Lachsack von meinem Bruder. Wenn man den drückt, lacht der auch!«

»Ja, genau wie ein Lachsack«, sagt Ole und hofft, dass das Thema jetzt endlich ein Ende hat.

»Lachsäcke sind cool! Mein anderer Bruder hat einen Stimmverzerrer – der ist noch cooler! Wenn man da reinspricht, kann man damit Gruselstimmen machen.«

Schnell zieht Ole seine Mütze über die Ohren, damit der Schneeti aus Rafifs Blickfeld verschwindet. Doch zu spät: Rafif hat sich den Schneeti schon geschnappt und knufft und herzt ihn wie einen Teddybären. Dem Schneeti scheint das offenbar sehr gut zu gefallen.

»Oh, ist der kuschelig!«, ruft Rafif, als sie ihre Wange an das weiche Schneeti-Fell schmiegt. »Und so schön warm und irgendwie auch kalt. Wie ist der denn gefüllt? Ich habe auch so ein Wärmetier, einen Koala, den legt Papa immer in die Mikrowelle und legt ihn mir dann auf den Bauch, wenn ich Bauchweh habe. Und ein Kühltier, einen Eisbären, habe ich auch. Der hat am Rücken hinten so einen Reißverschluss. Für das Kühlpack!«

Rafif befühlt den Schneeti-Rücken und plappert weiter wie ein Wasserfall: »Hat der auch einen Reißverschluss? Ist das ein Junge oder ein Mädchen? Und was soll das überhaupt sein? Auch ein Eisbär? Oder ein Kuschelmonster? Oder ... Genau! Ich hab's! Ein Kobold!«

»Kökölöres!«, sagt der Schneeti und stemmt die Arme in die Seiten. »Ich bin döch kein Eisbär und kein Kuschelmönster und ein Köböld bin ich auch nicht! Darf ich mich vörstellen: Ich bin ein Schneeti und ich heiße Schneeti!«

»D-d-d-der ist ja echt!«, stottert Rafif und dann passiert etwas Supersuperseltenes: Rafif fehlen tatsächlich die Worte. Sie sagt keinen Pieps.

Endlich kann Ole ihr erzählen, wie der Schneeti

in sein Leben geschneit ist und was er bisher alles mit ihm erlebt hat.

»So und jetzt kannst du dir ja auch denken, wer das mit dem Iglu war«, sagt Ole.

»Das warst du?«, sagt Rafif zum Schneeti.

»Jöp!«, antwortet der Schneeti und zwinkert. »Klein, aber öhö!«

»Und das mit dem Schneeball in der Klasse ... Das warst du auch?«

»Jöp!«

»Cool!«, sagt Rafif.

»Aber das ist unser Geheimnis!«, sagt Ole. »Du musst schwören, dass du niemandem davon erzählst! Nicht vom Hochsitz und erst recht nicht vom Schneeti! Der Schneeti ist zu mir geschneit! Verstanden?«

»Ich schwöre!«, sagt Rafif und macht eine feierliche Schwurhand. Da sieht Ole mitten im Monsterwald schwarzen Rauch aufsteigen.

14

Die Schneeti-Wolke

Mit seinem Fernglas blickt Ole Richtung Rauchsäule.

»Und? Sag schon! Kannst du was sehen?«, fragt Rafif.

»Ein Lagerfeuer ...«, berichtet Ole. »Da hocken zwei davor! Aber ich kann nur ihre Rücken sehen ... Und da ... Da ist noch ein Dritter ... Der hat einen Helm auf ... Mit Schutzgitter ...« Ole nimmt den Helmträger noch näher ins Visier. »Der stellt was auf einen Baumstumpf ...«

»Was denn?«, fragt Rafif.

»Äh ... Warte ... Sieht aus wie ... Gläser ... Ich glaub's nicht! Das sind ja Hökos Honiggläser!«, sagt Ole, als er einen Papierstreifen mit einer lachenden Sonne und einer Honigbiene auf dem Glas erkennt. »Die hat Höko extra gesammelt!«

»Klar, das macht er immer! Damit er sie wieder

auffüllen kann! Die haben die bestimmt geklaut! Wetten?«, empört sich Rafif. »Die spinnen ja wohl! Und die armen Tiere sollen bei dem Lärm jetzt aus ihrem Winterschlaf aufwachen und in die Glasscherben treten, oder was?«

Ole beobachtet, wie der Junge – *pampampam* – einen Volltreffer nach dem anderen landet, als er

die Honiggläser mit seinem Hockeyschläger klirrend ins Feuer schlägt, dass die Flammen nur so züngeln und die Funken sprühen. Ole schluckt, als er auf einer schwarzen Tasche den heulenden Kojotenkopf erkennt und beobachtet, wie der Junge das Schutzgitter von seinem Helm hebt. »Holy Moly! In Deckung! Schnell! Das ist Rocco!«

Ole duckt sich auf den Boden. »Die dürfen uns hier auf keinen Fall finden! Der Geheimplatz gehört uns«, flüstert er, als Rafif schon in Kampfstellung geht.

»Keine Sörge«, sagt der Schneeti und springt mit einem »Höppala« auf den Holzsims in der Sichtluke. Der Schneeti plustert sich auf, holt tief Luft, streckt sich weit nach vorne und pustet mit dicken Backen: »Pfffffff! Pffffff! Pffffff!« Fast sieht es so aus, als würde mit jedem Schneeti-Puster fliegende Zuckerwatte in die Luft steigen, die im Himmel zu einem immer riesigeren Bausch verklebt.

»Holy Moly!« Staunend blickt Ole zu den Nebelschwaden, die vom Hochsitz in den Himmel steigen. »Das ist ja eine Schneewolke! Schneeti kann Wolken pusten!«

»Genial! Wahnsinn!«, sagt Rafif und kriegt den Mund nicht mehr zu, als die Schneeti-Schneewolke einsam über den Monsterwald zieht und genau über die Rauchsäule schwebt.

»Ölé-ölé-ölé-ölé! Hier kommt der Schneeti-Schnee, ölé!«, singt der Schneeti. Schon fallen Schneeregen und Donnerhagel aus der Wolke auf die jaulenden Kojoten und auf das Feuer, das rauchend erlischt.

»Juchhu! Sie zischen ab«, jubelt Ole und schlägt mit dem Schneeti und Rafif ein, als sich die Kojoten auf ihre Räder schwingen und aus dem Monsterwald verduften.

»Na, Jungs! Wer hat Lust auf Couscous?«, fragt Rafif. »Mein Papa macht immer einen ganzen Berg davon. Mit Gemüse und Rosinen und mit Joghurt!«

»Ich! Ich! Ich!«, ruft der Schneeti und reckt beide Pfotentatzen in die Luft.

15

Der Schneetiger

Abends sitzt Ole auf seinem Bett und schnitzt mit seinem Superschnitzmesser aus einem besonders schönen Stück Monsterwaldholz an einer neuen Figur (Figur 113). Beim Schnitzen linst Ole immer wieder zum Schneeti hinüber, der neben ihm auf dem Kopfkissen liegt und sich seinen kugelrunden Bauch reibt, und schaut ihn sich ganz genau an.

»Gibt's nöch Nachtisch?«, fragt der Schneeti.

»Im Ernst? Du hast doch vorhin bei Rafif zu Hause erst einen ganzen Berg Couscous mit Rosinen verdrückt«, sagt Ole.

Der Schneeti zieht den runden Bauch ein: »Ein Harzer Röller öder ein Schököjöghurt öder eine größe Pörtiön

Pömmes mit Mayö öder ein Espressö passen aber nöch löcker rein. Wetten?! Söll ich mal in die Küche höpsen und nachschauen, was da ist?«, fragt der Schneeti.

»Bloß nicht!«, sagt Ole und horcht auf, als sein Vater die Wohnungstür aufschließt und sich mit Oles Mama, die jetzt schnell zur Nachtschicht muss, die Klinke in die Hand gibt. Früher, vor dem blöden Umzug, haben seine Eltern sich abends oft zusammen an Oles Bett gesetzt und ihm eine Gutenachtgeschichte vorgelesen. Doch jetzt kann Ole sich nicht einmal erinnern, wann sie das letzte Mal alle zusammen am Abendbrottisch gesessen haben. Ole hört die Wohnungstür ins Schloss fallen und seine Mutter im Treppenhaus die Stufen hinuntereilen, da klopft es an seiner Tür.

Mit einer Vorwärtsrolle rollt der Schneeti schnell unter Oles Kopfkissen.

»Hey, Großer!«, sagt Oles Vater. »Was schnitzt du denn da wieder Schönes? Ein Erdmännchen? Oder einen Kobold? Der sieht ja ulkig aus!«

»Ich bin kein Köböld!«, zischt der Schneeti beleidigt und Ole sagt schnell:

»Das wird ein ... Schneeti!«

»Ole, es heißt nicht Schneeti – es heißt SchneetiGER«, berichtigt Oles Papa seinen Sohn. »Du musst aufpassen, dass du die Wörter zu Ende sprichst und die Wortendungen nicht verschluckst! Ihr führt doch bald euer Weihnachtsstück auf ...«

Oh nein, Ole ahnt schon, was jetzt kommt – bitte nicht schon wieder eine Sprechübung!

»Da habe ich eine wunderbare Sprechübung für euch«, fährt Oles Papa fort und seine Augen blitzen auf. »Den Korkentrick! Den kannst du ruhig deiner Lehrerin und deiner ganzen Klasse zeigen. Statt eines Korkens könnt ihr aber auch den Daumen benutzen. Also, du nimmst deinen Daumen locker zwischen die Schneidezähne ... So wie ich.«

Oles Vater nimmt seinen Daumen in den Mund. »Und jetzt versuche mal, ganz laut und deutlich zu sprechen. Beim Theaterspielen ist eine deutliche Aussprache das A und O. Auf geht's! Ich spreche vor und du sprichst nach.«

Oles Vater bewegt seine Lippen so komisch, dass Ole an ein Grimassen ziehendes Riesenbaby denken muss, und spricht jeden Laut überdeutlich aus: »Der Po-po-ca-te-petl liegt nicht in Ka-na-da, sondern in Me-xi-ko, Me-xi-ko, Me-xi-ko.«

»Der Pöpöcatepetl liegt nicht in Kanada, söndern in Mexikö, Mexikö, Mexikö«, hört Ole den Schneeti schon unterm Kissen flöten und er versucht, ihn laut und deutlich zu übertönen: »Der Popocatepetl liegt nicht in Kanada, sondern in Mexiko, Mexiko, Mexiko!«

»Prima! Sehr gut, Ole!«, lobt Oles Vater. »Aber du brauchst nicht so laut zu schreien. Das kannst du jetzt immer üben. Und wenn du dann wieder ohne Daumen im Mund sprichst, wirst du sehen, wie schön, klar und deutlich die Worte aus deinem Mund kommen. So und jetzt gute Nacht!«

»Gute Nacht, Papa!«, sagt Ole.

Kaum ist Oles Vater aus dem Zimmer gegangen, rollt der Schneeti mit einer Rückwärtsrolle unterm

Kissen hervor. »Lies-s-s-t du mir was-s-s vör?«, fragt der Schneeti mit dem Daumen im Mund und sieht Ole dabei mit seinen großen Kulleraugen bettelnd an. »Bitte!«

»Was denn?«, fragt Ole.

Da hopst der Schneeti in einem offenen Umzugskarton auf ein altes Buch, das Opa Ottokar schon hatte, als er so alt wie Ole war, und auf dem in goldenen Buchstaben steht:

Brüder Grimm
Kinder- und Hausmärchen
Band 1
Märchen Nr. 1–86

»Frau Hölle! Bitte!«, bettelt der Schneeti und schlägt das vergilbte Buch genau auf der richtigen Seite, beim 24. Märchen, auf. »Na lös, Öle! Auf die Plätze, fertig, vörlesen!« Ungeduldig tigert der Schneeti auf den Buchseiten auf und ab. »Liest du mir jetzt vör öder söll ich erst zum Schneeti-GERRR werden?«, fragt der Schneeti und faucht Ole – *chraaaöööh* – lustig an.

»Na gut!«, sagt Ole und liest dem Schneeti, der

sich gemütlich in Oles Kopfkissen kuschelt, das Märchen von »Frau Holle« vor. Und noch ehe der Hahn auf dem Brunnen im Märchen das zweite Mal »Kikeriki« ruft, hört Ole den Schneeti auch schon leise schnarchen.

»Schnörch schön, Schneeti«, sagt er und muss schmunzeln. Das Schneeti-Schnörchen hört sich irgendwie gemütlich an. So gemütlich, dass auch Ole die Augen zufallen.

16

Frauherr von Frost

»Holy Moly! Was machst du da?«, fragt Ole auf dem Schulweg, als er sieht, wie der Schneeti sich an der Trageschlaufe aus der offenen Kühltasche hangelt und auf den Bürgersteig hopst.

»Ich röll schön mal vör!«, antwortet Schneeti und rollt sich ratzfatz Richtung Schule.

Ole läuft hinterher und staunt, denn von Vorwärtsrolle zu Vorwärtsrolle bleibt mehr und mehr Schnee am Schneeti haften. Bald sieht es so aus, als würde Ole einen tennisballgroßen, dann einen fußballgroßen und schließlich einen hüpfballgroßen Schneeball vor sich herrollen. Alle Kinder, die mit Autos zur Schule gefahren werden, pressen vor Staunen ihre Nasen an die Fensterscheiben.

»Boah! Cool! Guckt mal, da kommt Ole!«

»So einen großen Schneeball habe ich ja noch nie gesehen!«

»Wie macht der das?«, rufen die Kinder und staunen Bauklötze, als Ole mit dem rollenden Schneeti-Schneeball auf dem Schulhof ankommt. Jetzt ist der Schneeball sogar noch größer als die Räder des riesigen Geländewagens, aus dem gerade Rocco aussteigt. Hinten auf dem Auto entdeckt Ole nur Aufkleber mit den Namen von Roccos kleinen Halbschwestern, aber keinen »Rocco«-Aufkleber.

Doch Ole hat nicht viel Zeit, sich darüber zu wundern. Mitten auf dem Schulhof kommt der riesige Schneeti-Schneeball plötzlich mit einer Vollbremsung zum Stehen.

»Schneeti! Was soll das werden, wenn es fertig ist?«, flüstert Ole. Da steckt der Schneeti – *plopp* – sein weißes Köpfchen aus dem Schnee.

»Na, was wöhl?«, fragt er und hüpft zurück in die Kühltasche. »Ein Schneemann natürlich!«

Und tatsächlich! In der nächsten Pause nimmt der Riesenschneemann schon Form an und fast alle bauen mit – sogar Höko und Frau Lümmerling!

Lukas und Luzie aus der Vierten bringen zwei

Besen für die Arme. Ein paar Erstklässler sammeln Steine für die Knöpfe und Marie, Marie-Sophie und Marie-Lou spendieren sogar ihre Äpfel, Tomaten und Mandarinen für den Mund.

»Hier, für die Nase!«, ruft Rafif von den Fahrradständern und winkt mit einem orangefarbenen Verkehrshut.

»Gute Idee!«, ruft Frau Lümmerling und wedelt lachend mit ihrem Ringelschal. »Hier, für den Hals!«

»Und hier! Für die Haare!«, ruft Höko und schwingt dabei einen großen, struppigen Spaghetti-Wischmopp.

»Cool! Wischmopphaare! Wollen wir auch mitbauen?«, fragt sogar Tengis, der neben dem sichtlich mies gelaunten Rocco bei den Tischtennisplatten steht.

»Echt jetzt?«, höhnt Rocco. »So eine olle Kinderkacke findest du cool? Ich zeig euch mal, was cool ist …« Er schnappt sich seine Tasche. »Los, Leute! Kommt! Wir besorgen uns einen Eimer und Kakao!« Rocco blickt hoch zum Schuldach und grinst. »Ich glaube, dem ollen Schneemann muss mal ordentlich auf den Kopf ge-KAKAO-t werden.«

»Frau Lümmerling, bauen wir eigentlich einen Schneemann oder eine Schneefrau?«, möchte die Erstklässlerin Nalani wissen.

»Höhö, das ist döch Jacke wie Höse«, flüstert der Schneeti aus Oles Jackentasche und kühlt sich durchsichtig wie Kristalleis.

»Ich hab's! Genial!«, sagt Rafif. »Das ist eine Schneemannfrau!«

»Oder ein Schneefraumann«, schlägt Höko vor.

»Und wie soll unsere Schneemannfrau oder unser Schneefraumann heißen?«, fragt Frau Lümmerling.

Da hat Ole eine Idee. »Frauherr von Frost!«

»Ein toller Name!«, entgegnet Frau Lümmerling. »Alle einverstanden?«

»Jaaa!«, rufen die Kinder und Frau Lümmerling und Höko lachen sich wieder ganz lange und ganz komisch an.

»Ich sag's ja! Die sind total verknallt«, wispert Rafif Ole ins Ohr, da ruft Höko: »Komm, Ole! Ich heb dich hoch! Frauherr von Frost wartet auf ihre schicke neue Frisur.«

Schon hebt Höko Ole auf seine breiten Schultern. Erst bekommt Ole etwas Muffensausen, denn auf

Hökos Schultern ist es ziemlich hoch, doch dann denkt er an Schneetis Supertrick und flüstert ihn leise vor sich hin: »Schön-nach-öben-gücken, Öle! Blöß immer schön nach öben gucken!« Ole streckt sich und setzt Frauherr von Frost den Wischmopp

auf die Schneeglatze. Da bringen sich Rocco und die Kojoten, die heimlich aufs Flachdach geklettert sind, hoch oben auf dem Schuldach in Position.

»Drei, zwei, eins! Ausschütten!«, zischt Rocco und kippt den Kakaoeimer aus.

Doch – *tada!* – Überraschung! Dank Schneeti kommt kein Tropfen heraus. »Hä? Was soll der Mist?«, schimpft Rocco, dem das Grinsen in Lichtgeschwindigkeit vergangen ist, und blickt verdattert in den Blecheimer mit dem festgefrorenen Kakao.

Da purzelt der Schneeti ein paar Meter tiefer in Frauherr von Frosts nigelnagelneue Wischmopp-frisur.

»Wo kommst du denn her?«, flüstert Ole.

»Vöm Dach«, sagt der Schneeti und schleckt sich genüsslich den Kakaobart von der Oberlippe. »Da gibt's Frözen Kakaö!«

17

Öle vör, nöch ein Tör!

»Mamma mia! Bambini, zieht euch warm an! Ihr glaubt nicht, was passiert ist!«, sagt Herr Zakketti, als er die Sporthalle aufschließt. »Unsere Turnhalle hat sich in der großen Pause in eine Eishalle verwandelt!«

»Hurra!«, jubeln die Kinder.

»Eine Eishalle!«, flüstert Rafif hinter vorgehaltener Hand Richtung Kühltasche. »Schneeti, du bist der Allercoolste! Ich könnte dich knutschen!«

In der großen Turnhalle sitzen die Kinder in ihren dicken Winterjacken auf den Turnbänken und staunen über das glitzernde Eis, das sich über den Hallenboden gelegt hat.

»Wer von euch kann nicht Schlittschuh laufen?«,

möchte Herr Zakketti wissen, als er einen rappelnden Wagen voller Schlittschuhe aus dem Geräteraum schiebt.

Ole denkt daran, wie er nach seinem letzten Eislauf-Versuch drei Wochen eine Gipsschiene tragen musste, und hebt gerade seine Hand, da wird er von zwei kaltwarmen Fingern in die Seite gezwickt.

»Hände runter! Söfört!«, hört er den Schneeti zischen.

»Ich kann aber nicht Schlittschuh laufen!«, protestiert Ole.

»Wetten döch!«, flüstert der Schneeti.

»Ich kann aber nicht Schlittschuh laufen!«, äfft Rocco Ole nach, als sich alle vor Herrn Zakketti in eine Reihe stellen, um sich ein Paar Schlittschuhe auszusuchen. Rocco zupft an Oles Strickjacke. »Der olle Ole zieht sich nicht nur an wie ein oller Opa, er benimmt sich auch wie einer!«

»Pscht«, flüstert Ole und drückt die Kühltasche an sich, in der der Schneeti schon vor Wut im Dreieck springt. »Reg dich nicht auf! Sag jetzt bloß nichts! Cool bleiben! Immer schön cool bleiben! Der Klügere gibt nach.«

»Seht ihr!«, brüllt Rocco. »Jetzt führt der olle

Ole schon wieder Selbstgespräche! Und dauernd schleppt er diese olle Kühltasche mit sich herum. Hast du nicht mehr alle *Taschen* im Schrank, oder was?« Grinsend schubst Rocco Ole zur Seite und drängelt sich mit den lachenden Kojoten vor.

»Komm, Ole, nimm meine Hand!«, ruft Rafif, die schon strahlend auf der Eisfläche rumkurvt. Ole bindet sich seine Strickjacke um den Bauch, schultert die Kühltasche und stakst in den Schlittschuhen, die aussehen, als hätten sie hundert Jahre in der Kiste gelegen, langsam auf Rafif zu.

»Sport ist Mord«, stöhnt Ole, der sportliches Können unter Garantie nicht zu seinen Spezialfähigkeiten zählen würde.

»Kökölöres«, antwortet der Schneeti. »Ich pass döch auf dich auf. Keine Angst!«

Da ergreift Ole Rafis Hand und kaum setzt er seine Füße aufs Eis, spürt er eine kaltwarme, kribbelige Energie, die sich von der Kühltasche über seinen ganzen Körper bis in alle Zehen, Haar- und Fingerspitzen und über seine Hand bis zu Rafif ausbreitet wie ein magisches Zauberkraftfeld.

»Holy Moly! Ist das coooool!«, jubelt Ole und lächelt Rafif an, die über ihre – inzwischen schon vier – Zahnlücken strahlt wie eine Eislaufprinzessin. Oles Opa-Strickjacke und Rafis Locken flattern im Fahrtwind, als die beiden wie Stars auf dem Eis durch die Turnhalle gleiten.

»Genau wie im Fernsehen!«, ruft Marie-Lou begeistert und schon weichen alle zurück und machen dem Eiskunstlaufpaar Platz.

»Eins, zwei, drei, allez höppala!«, sagt der Schneeti. Da springen Ole und Rafif hoch in die Luft und vollbringen unter dem Raunen der Klasse die tollsten Eiskunstlauffiguren.

Gerade malen die beiden mit ihren Kufen Schneekristallmuster ins Eis, da platzt Rocco der Kragen. Als Hockey-Champion ist er es gewohnt, an der Schule das Sportass zu sein.

»Na wartet!«, sagt er und schnippt mit den Fingern. »Herr Zakketti? Ich hab eine Idee!« Schnell setzt Rocco seine Unschuldsmiene auf. »Mit den

Hallen-Hockeyschlägern, da könnten wir doch auch Eishockey spielen!«

»Na gut«, antwortet Herr Zakketti. »Aber seid vorsichtig! Gespielt wird nur mit einem weichen Puck. Ihr könnt schon mal die Schläger holen und Mannschaften bilden.«

Oles und Roccos Mannschaften sind gewählt. Die Kojoten stecken im Kreis die Köpfe zusammen und klopfen mit ihren Schlägern – *pong-pong-pong* – dreimal hintereinander aufs Eis.

»Denen werden wir's jetzt zeigen, Leute!«, zischt Rocco zu Joschi und Tengis und schon preschen sie los.

Die Kojoten spielen wie die Profis, doch auch Ole hat den Dreh dank Schneeti sofort raus. Wie ein Blitz gleitet er übers Eis, liefert sich mit Tengis ein Duell und luchst ihm den Puck ab.

»Töll, Öle! Und jetzt rein ins Tör!«, feuert ihn der Schneeti aus der Tasche an.

Ole zielt und schlägt.

»Tooor!«, jubelt Oles Mannschaft.

»Tööör!«, jubelt der Schneeti und macht in der Tasche einen Freudenhopser.

Seitenwechsel. Einwurf. Rafif ergattert den Puck und spielt ihn – *zack* – Ole zu. Schon stürmt Ole in

der Angriffszone wieder aufs Tor los, da heftet sich Rocco an seine Fersen.

»Öle vör, nöch ein Tör!«, ruft der Schneeti aus der Kühltasche. Da verfinstert sich Roccos Miene: Er hat jedes Wort gehört.

»Ha, ich wusste doch, dass da was faul ist! Na warte! Wenn das eine Labertasche ist, dann fresse ich ’nen Besen«, zischt Rocco und setzt zum Angriff an.

»Super, Ole!«, hört Ole die drei Maries rufen, als er mit dem Schläger ausholt und den Puck erwischt. Holy Moly! Der Puck fliegt hoch zur Decke, durch einen Turnring, runter in den Basketballkorb, rein ins Tor!

»Tooor! Tooor! Tooor!«, jubelt Oles Mannschaft. Vor Freude reißen sie die Hockeyschläger in die Luft und beginnen zusammen mit den Kindern, auf den Turnbänken zu singen: »Olé-olé-olé-olé, Ole ist super, olé!«

Und da passiert es. Jetzt. Ganz genau jetzt. Das ganz und gar Unfassbare: Ole fühlt sich plötzlich cool. So richtig cool. Lächelnd blickt er zu seinen neuen Fans, die vor Begeisterung von den Bänken springen, und winkt ihnen mit seinem Schläger zu, da hört er den Schneeti rufen: »Öle! Vörsicht! Hinter dir!«

Zu spät. Ole spürt einen Ruck, als Rocco sich hinter ihm mit seiner scharfen Kufe auf Oles auf dem Boden schleifende Strickjacke stellt. *Ritsch* – hört Ole noch die Maschen reißen.

Dann passiert alles wie in Zeitlupe. Ole fühlt die Kühltasche von seiner Schulter rutschen und verliert das Gleichgewicht. Im Fall sieht er die Kletterseile, die von der Hallendecke baumeln. Er sieht Rafif, die erschrocken auf ihn zueilt, und die im hohen Bogen fliegende Schneeti-Kühltasche. Und als Ole mit dem Kopf aufs Eis schlägt, macht es *pom* – und Ole sieht plötzlich gar nichts mehr.

18

Wo ist Schneeti?

»Schneeti! Schneeti!«, ruft Ole und ertastet etwas Kühles auf seiner Stirn. Doch das fühlt sich überhaupt nicht wie das samtweiche Schneeti-Fell an, sondern nur wie ein glitschiges Kühlpack. »Schneeti? Wo bist du?«, fragt Ole und öffnet im Krankenzimmer die Augen.

Vor Oles Augen dreht sich noch alles, als ihm Frau Lümmerling antwortet. »Keine Sorge, Ole! Du bist im Sportunterricht hingefallen. Nichts Schlimmes, aber du hast eine ordentliche Beule abbekommen.« Frau Lümmerling reicht Ole eine Tasse. »Hier, trink das! Kräutertee mit Waldhonig – hat Höko für dich gebracht. Damit kommst du ganz schnell wieder auf die Beine, hat er gesagt.«

Ole trinkt einen Schluck süßen Kräutertee und als er spürt, wie der warme Tee in seinen Bauch rutscht, fühlt er sich schon etwas besser.

»Ich hab deine Mutter auf der Arbeit angerufen. Sie ist unterwegs. Bleib schön liegen! Rafif wartet hier mit dir, bis deine Mutter da ist, okay?«

»Okay«, sagt Ole und entdeckt jetzt erst Rafif, die sofort von ihrem Stuhl aufspringt, als Frau Lümmerling das Krankenzimmer verlässt.

»Ole, der Schneeti! Die Kühltasche ist weg! Ich wollte noch in der Halle suchen, aber ... keine Chance! Nach deinem Sturz hat Herr Zakketti uns alle vom Eis geschickt und die Halle abgeschlossen.«

Ole springt sofort von der Liege auf und schlüpft in seine kanadischen Winterstiefel, die jemand vor die Liege gestellt hat. »Los, raus hier! Wir müssen Schneeti finden! Schnell!«

Auf Zehenspitzen schleichen sich Rafif und Ole aus dem Krankenzimmer, vorbei am Lehrerzimmer, raus in die verlassene Aula.

»Wir müssen in die Turnhalle«, flüstert Ole, als sie sich hinter einer Betonsäule verstecken.

»Aber wie? Die ist doch abgeschlossen«, sagt Rafif.

»Wir holen uns den Generalschlüssel«, flüstert Ole und zeigt auf die Hausmeisterloge, in der Höko gerade mit verträumten Augen seine Honiggläser abzählt und dabei vor sich hin singt: »Sie liebt mich … Sie liebt mich nicht … Sie liebt mich … Sie liebt mich nicht …«

Rafif schleicht zum Schlüsselbrett und als Höko beim letzten Honigglas laut aufjauchzt: »Jodelahiti! Sie liebt mich!«, nimmt Rafif sich ganz vorsichtig den Schlüssel.

Ole zeigt Rafif einen Daumen nach oben, als sie mit dem Generalschlüssel in der Faust aus der Hausmeisterloge krabbelt.

Ole schließt die große Turnhalle auf und sie stürmen herein.

»Ole! Da!«, ruft Rafif, als sie unter der Turnbank eine silberne Tasche entdeckt. Aber als sie näher kommt, macht sich Enttäuschung auf ihrem Gesicht breit. »Mist! Das ist nur Maries Glitzer-Turnbeutel!«

Rafif sucht im Geräteraum. Ole sieht sich in der

Halle um. Und als er mit seinen offenen Stiefeln die Eisfläche betritt, macht es *matsch* und er kriegt nasse Füße.

»Rafif! Das Eis! Es schmilzt! Wir müssen den Schneeti finden! Schnell!« Ole und Rafif rennen nach draußen auf den verlassenen Schulhof. Sie suchen in den Mülleimern und unter den Tischtennisplatten – vergeblich.

Wütend tritt Ole gegen einen Fahrradständer. »Los, sag schon! Wem hast du vom Schneeti erzählt?«

»Niemandem!«, antwortet Rafif und versteht die Welt nicht mehr. »Ich schwöre!«

»Und wieso ist die Kühltasche dann weg?«, fragt Ole mit Zornesfalten im Gesicht.

»Weiß ich doch nicht!«, ruft Rafif.

»Du bist die Einzige, die weiß, dass es den Schneeti gibt. Und du hast geschworen, niemandem von ihm zu erzählen!«

»Hab ich auch nicht!«, beteuert Rafif, der vor Wut die Tränen in die Augen steigen. »Aber wenn du mir nicht glaubst, dann suche ich eben alleine weiter!«

»Tu, was du nicht lassen kannst! Du ... du gemeine Verräterin!«, schreit Ole Rafif hinterher, die Richtung Pausen-Iglu verschwindet.

Über den Schulhof eilt Ole zu Frauherr von Frost. Er schaut an den tropfenden Riesenschneekugeln hoch, da sieht er plötzlich auf dem Schuldach etwas Silbernes in der Wintersonne aufblitzen.

»Die Kühltasche!«, ruft er und rennt hinter das Schulgebäude. Schnell stapelt er drei Altglaskisten übereinander, klettert auf den Papiercontainer und steigt, ohne auch nur eine Sekunde zu zögern, auf den Eisensprossen, die aus der Betonwand ragen, hinauf aufs Flachdach.

»Schneeti!«, ruft Ole und stolpert auf den Dachkieseln auf den silbernen Gegenstand zu. Da spürt er einen kalten Stich im Herzen. Was da in der Wintersonne glitzert, ist keine Kühltasche, sondern nur der blöde Blecheimer mit einem klitzekleinen Rest Frözen Kakaö.

Verzweifelt setzt sich Ole mit seinen nassen Stiefeln aufs eisige Flachdach. Mit Tränen in den Augen schaut er nach unten auf den Schulhof in die schwindelnde Tiefe und fühlt sich wie schockgefroren vor Angst.

»Schneeti, wo bist du?«, schluchzt Ole und hat

nicht den blassesten Schimmer, wie er jemals wieder vom Dach kommen soll.

Oles Tränen tropfen auf seine Opa-Strickjacke. Mitten durch das Schneeflockenmuster zieht sich ein zackiger, blitzförmiger Riss. Beinahe sieht es so aus, als hätte jemand den Sternenhimmel zerteilt.

19

Tatütata

Rocco und die Kojoten, Höko, Frau Lümmerling, Herr Zakketti, Rafif, die drei Maries, die ganze 3b und alle Schüler und Lehrer der Gebrüder-Grimm-Schule sehen hoch zur Feuerwehrleiter, als Ole bibbernd vor Kälte in seiner zerrissenen Strickjacke zu seiner Mutter in den Rettungskorb steigt.

»Ole, was machst du denn nur für Sachen?«, fragt Oles Mama und drückt ihren durchgefrorenen Sohn fest an sich. »Du bist ja eiskalt!«

»Ooohhhh!«, quäkt Rocco so laut, dass ihn alle hören können. »Der olle Ole muss zu seiner Mami! Erst einen auf obercool machen und sich dann nicht mehr vom Dach trauen ... Ich wusste doch, dass er ein Schisser ist!«

Als Ole eingehüllt in eine goldene Rettungsdecke neben seiner Mutter im Feuerwehrauto sitzt, entdeckt er Rafif, die sich winkend durch die Menge drängt. Ole klopft gegen die Fensterscheibe. »Hast du ihn?«, ruft er.

Draußen kann Rafif Ole nicht hören, aber sie versteht trotzdem und schüttelt traurig den Kopf.

»Wovon redest du, Ole? Wen soll das Mädchen haben?«, fragt Oles Mama.

»Den Schneeti!«, antwortet Ole.

»Den Schnee... was?«, fragt Oles Mama und legt ihm besorgt die Hand auf die Beulenstirn, um seine Temperatur zu fühlen. »Ole, ich glaube, du hast dich verkühlt! Du musst jetzt ganz schnell ins warme Bett. Nicht dass du noch Fieber bekommst!«

Schon fahren sie mit heulenden Feuerwehrsirenen vom Schulhof auf die Straße und Oles Mama drückt ordentlich aufs Gaspedal.

Kaum sind sie mit quietschenden Reifen in der Meisengasse angekommen, steckt Oles Mutter Ole sofort in die heiße Badewanne.

»Ich kann jetzt aber nicht baden, Mama!«, protestiert Ole. »Ich habe keine Zeit! Das Eis schmilzt. Das ist bestimmt kein gutes Zeichen und der

Schneeti hat sicher Riesenhunger. Er muss doch was essen, um sich runterzukühlen!«

»Und du musst gleich was Heißes trinken, um dich aufzuwärmen. Und dann musst du dich schön ausruhen. Mehr nicht!«, sagt Oles Mama und lässt warmes Wasser über Oles Rücken brausen. »Ich habe Papa bei der Fortbildung angerufen. Er kommt gleich und dann passen wir beide auf dich auf. Wir haben uns viel zu wenig um dich gekümmert in letzter Zeit.«

Oles Mama hüllt Ole in ein großes Badehandtuch ein. »Und jetzt ab ins warme Bett! Keine Widerrede! Hörst du?«

Vor Erschöpfung muss Ole wohl eingeschlummert sein, denn als er seine Augen öffnet, sieht er seine Eltern mit besorgten Mienen an seinem Bett sitzen.

Es dauert einen Moment, bis sich in Oles Kopf alle Puzzleteile wieder zusammenfügen, und als ihm wieder einfällt, was heute alles passiert ist, setzt er sich erschrocken im Bett auf und ruft: »Holy Moly! Der Schneeti!«

»Du meinst sicher SchneetiGER, oder, Schnuffelsocke? Vergiss die Wortendung nicht …«, sagt Oles Papa.

»Nein, ich meine SCHNEETI!«, schreit Ole. »Opa Ottokar würde mir sofort glauben, aber ihr … ihr seid immer nur arbeiten und wenn ihr mal da seid, dann hört ihr mir nie zu!« Wütend haut Ole aufs Kopfkissen und fängt an zu schluchzen. Oles Mama versucht, ihn in den Arm zu nehmen, aber Ole zieht sich die Decke über den Kopf. »Lasst mich in Ruhe!«

»Ole, hör mal!«, sagt Oles Papa und versucht, Ole aufzuheitern: »Ich habe heute eine total lustige Sprechübung gelernt. Die kannst du ja vielleicht deinen Mitschülern beibringen. Pass auf!« Oles Vater räuspert sich und geht in Position. »Der Frosterfrosch frostet im Froschfroster, frostet der Frosterfrosch im Froschfroster? Im Froschfroster frostet der Frosterfrosch.«

»Die ist aber wirklich lustig, oder, Schnuffelsöckchen?«, fragt Oles Mama und streichelt Ole durch die Bettdecke.

Da strampelt Ole wütend mit den Beinen und ruft: »Habt ihr Tomaten auf den Ohren? Ihr sollt mich in Ruhe lassen, habe ich gesagt!«

Ole lugt unter der Bettdecke hervor. Seine Eltern sind zwei Minuten zuvor aus dem Zimmer verschwunden und jetzt hört er ihre Stimmen vom Flur.

»Vielleicht sollten wir doch den Kinderarzt anrufen!«, hört er seinen Papa mit besorgter Stimme

sagen: »Ich beobachte schon seit Tagen so merkwürdige Symptome. Oles Aussprache hat sich verschlechtert. Er verschluckt die Wortendungen und offensichtlich hat er in letzter Zeit Probleme, ›o‹ und ›ö‹ auseinanderzuhalten. Er verhält sich merkwürdig, rennt dauernd mit dieser Kühltasche herum, führt Selbstgespräche und dann dieser erstaunliche Appetit! Unmengen an Joghurt hat er in letzter Zeit verdrückt.«

»Und Harzer Roller!«, ergänzt Oles Mutter.

»Und weißt du, was?«, fragt Oles Vater. »Ich glaube, dass er sogar heimlich Kaffee trinkt! Vielleicht hat er sich einen komischen Virusinfekt eingefangen oder so. Hast du schon Fieber gemessen?«

»Ja«, hört Ole seine Mutter sagen: »Aber stell dir vor! Das Thermometer spinnt! Das doofe Ding zeigt Minusgrade an!«

20

Minusgrade

Minusgrade? Ole späht zum Nachttisch und blickt auf das Thermometer. Tatsächlich: minus neun Grad. Das letzte Mal hat das Thermometer noch minus 13 Grad angezeigt. »Ideale Flöckentemperatur!«, hat der Schneeti gesagt.

»Zeigt das Thermometer etwa immer noch Schneetis Temperatur an?«, fragt sich Ole.

Da wirbelt wie zur Antwort der Schnee in seiner Schneekugel auf, als würde ein gefährlicher Schneesturm aufziehen. Ole schnappt sich den kleinen, selbst geschnitzten Schneeti vom Nachttisch und stößt dabei den Becher heiße Milch mit Honig um.

Ole sieht – *plitsch-plitsch-plitsch* – weiße Tropfen von seinem Nachttisch hinunter auf den Boden tröpfeln und hat plötzlich unheimliche Angst, dass der flockige Schneeti schmelzen könnte.

»Du darfst nicht schmelzen, Schneeti!«

Sanft streicht er über die Schneeti-Figur und holt tief Luft. Ganz, ganz fest denkt Ole an seinen kleinen großartigen Freund. Da spürt er plötzlich, wie die kalte Angst langsam abdampft und eine warme, gewaltige Lawine Mut durch seinen Körper rollt.

»Schneeti, keine Angst! Halt durch! Ich rette dich!« Entschlossen wischt Ole sich die Tränen aus dem Gesicht und springt aus den Federn.

Da hört er plötzlich – *tok-tok* – und noch mal – *tok-tok-tok* – jemanden ans Fenster klopfen.

»Schneeti!«, ruft Ole hoffnungsvoll und läuft zum Fenster. Doch als er hinausschaut, sieht er nicht den Schneeti, sondern eine kleine Blaumeise, die ihn auffordernd anzublicken scheint.

Ole erkennt den Vogel sofort. »Du bist die Meise aus dem Monsterwald!«

Die Meise bewegt ihr blau-weißes Köpfchen, als würde sie nicken. Dann flattert sie vom Fenstersims auf die Balkonbrüstung und fliegt in der Nachmittagssonne davon.

Schnell schnappt Ole sich sein Fernglas und stolpert im Schlafanzug auf den Balkon. Durchs Fernglas verfolgt er den Meisenflug, da geraten plötz-

lich eine schwarze Hockeytasche und eins, zwei, drei Mountainbikes in sein Visier.

»Die Kojoten!«, ruft Ole. Und als Ole Roccos Bande auf den Monsterwald zuradeln sieht, ist es, als würden sich in seinem Kopf alle Fäden zu einem kristallklaren Muster zusammenstricken, und er weiß, wer da in Roccos Hockeytasche gefangen ist.

Holy Moly! Himmel noch eins! Dass er da nicht eher draufgekommen ist!

21

Der Rettungsanzug

»Tut mir leid, Liesel, aber es muss sein! Es handelt sich um einen Notfall«, sagt Ole, als er seine handbemalte Strickliesel aus einem Umzugskarton fischt und die 17,65 m lange, reißfeste Häkelschnur von der Strickliesel abschneidet. Eigentlich wollte Ole ja die längste Schnur der Welt stricklieseln und ins »Guinness Buch der Rekorde« kommen, aber jetzt gibt es eindeutig Wichtigeres als Weltrekorde.

Ole wickelt die Schnur ein paarmal um seinen Bettpfosten, knotet ein paar dicke Stöcke aus seiner Schnitzstocksammlung als Sprossen fest und legt schnell ein paar Kuscheltiere als Ole-Attrappe unter die Bettdecke. Dann schlüpft er in seine Strickjacke, schnappt sich das Thermometer und seinen Wanderrucksack und klettert an seiner bunten Strickliesel-Leiter vom Balkon.

Es ist zwar nur der erste Stock, aber trotzdem

kommt es Ole vor, als würde er von einem Wolkenkratzer klettern. »Blöß schön nach öben gucken, Öle!«, spricht er sich mit Schneetis Worten Mut zu.

Ole hat es fast geschafft, da löst sich die Schnur vom Bettpfosten und er landet – »Uaaahhh« – mit einem Popoplumpser im Schnee. Spiderman hätte sicher einen cooleren Abgang gemacht, aber was soll's? Hauptsache unten.

Dann setzt Ole einen Fuß auf seinen Schlitten, gibt mit dem anderen Schwung und skatet in Schlangenlinien davon.

»Ole, da bist du ja!«, ruft Rafif, als sie in die Meisengasse biegt und Ole mit blinkenden Sohlen entgegenrollt. »Ich habe bestimmt schon zehnmal versucht, dich anzurufen, aber deine Mutter hat gesagt, du musst dich ausruhen …«

»Pah! Ich muss mich nicht ausruhen, ich muss Schneeti retten!«, sagt Ole entschlossen.

Rafif schüttelt den Kopf. »Falsch!«, entgegnet sie und strahlt. »WIR müssen Schneeti retten!«

Ole lächelt und schlägt mit Rafif ein. »Und ich habe auch schon eine Idee, wie! Hol den Lachsack und den Stimmverzerrer von deinen Brüdern. Wir treffen uns vor der Schule.«

»Vor der Schule?«, fragt Rafif. »Aber da haben wir doch schon gesucht!«

Ole nickt. »Ja, aber … Wir müssen in den Theaterraum. Da ist alles, was wir brauchen! Für den Rettungsanzug!«

»Rettungsanzug!?«, fragt Rafif.

»Erkläre ich dir alles später!«, antwortet Ole. »Wir dürfen keine Zeit mehr verlieren! Schneetis Temperatur steigt. Los, wir müssen uns beeilen!«

23 Minuten später hat Ole Rafif alles von seinem Rettungsplan erzählt. Hastig schließt er in der Gebrüder-Grimm-Schule mit dem Generalschlüssel den Theaterraum auf. Sofort stürzen Rafif und Ole sich auf die Materialien für die »Frau Holle«-Aufführung und basteln wie die Vollprofis.

»Hier, Ole! Für das Fell!«, sagt Rafif und rollt eine dicke weiße Watterolle auf dem Bühnenboden aus, die Frau Lümmerling extra für die Schneeflockenkostüme bestellt hat.

Da leuchtet plötzlich der große Bühnenscheinwerfer auf. Erschrocken blicken Ole und Rafif ins blendende Scheinwerferlicht. Dann hören sie eine Stimme wie ein Donnerhall.

»Was zum hierzulande verdammt selten gewordenen Kuckuck habt ihr hier zu suchen!?«

Holy Moly! Höko, der Hausmeister, hat sie erwischt. Er nähert sich mit mächtigen Schritten, bis er wie ein Riese vor ihnen steht.

»Höko! Es ist ein Notfall!«, erklärt Rafif. »Wir müssen jemanden retten!«

»Retten? Wen?«, brummt Höko und zieht fragend seine Augenbrauen hoch.

»Einen Freund!«, antwortet Ole. »Er gehört zu einer besonderen, superseltenen Spezies!«

»Dann geht es bei eurer Aktion hier also um Artenschutz!?«, möchte Höko wissen.

Ole und Rafif nicken entschieden. Da lächelt Höko noch breiter als die tätowierte Sonne auf seiner Hand.

»Kinder! Sagt mir, was ich tun soll! Artenschutz und Umweltschutz werden bei mir riesengroß geschrieben! Als ich so alt war wie ihr, da habe ich die Schule geschwänzt und bin bei meiner ersten Anti-Atomkraft-Demo mitgelaufen.« Höko ballt seine Faust. »Wehrt euch, leistet Widerstand! Gemeinsam sind wir stark! Wie kann ich euch helfen?«

Ole plumpst ein Stein so groß wie der Findling vom Monsterwald vom Herzen, da fällt sein Blick auf Hökos riesige Winterstiefel und er hat eine Idee.

»Dürfen wir deine Stiefel leihen?«, fragt er.

Rafif ahnt schon, was Ole vorhat, und ihre Augen leuchten. »Und deinen Imkeranzug?«, fragt sie. »Bitte!!!«

22

Auf die Rikscha, fertig, los!

Mit dem fertigen Rettungsanzug unterm Arm rennen Ole und Rafif aus der Schule, da braust Höko klingelnd auf den Pausenhof.

»Hier, nehmt meine Rikscha!«, ruft er. »Ich habe heute frisch die Winterreifen aufgezogen! Proviant habe ich euch auch eingepackt!«

»Super! Danke, Höko!«, sagt Rafif.

»So und jetzt düst ab und rettet euren Freund! Toi, toi, toi!«

Die Atomkraft-nein-danke-Fahne an Hökos Rikscha flattert im Winterwind, als Ole in die Pedale tritt und sie im Rekordtempo auf den Monsterwald zuradeln.

»Lenk mal!«, ruft er Rafif zu, die sich sofort todesmutig wie eine Actionheldin vom Rücksitz nach vorne beugt, während Ole in seine Strickjackentasche greift und auf das Thermometer blickt. Holy Moly! Minus fünf Grad!

»Die Schneeti-Temperatur steigt! Wir müssen uns beeilen!«, ruft Ole und übernimmt wieder das Lenkrad. So fest er nur kann, denkt Ole an seinen kleinen Freund und spürt mit einem Mal noch mehr Muskelkraft in seine strampelnden Beine fließen. Da sieht er plötzlich in der Ferne eine dunkle Rauchsäule zwischen den kahlen Baumkronen in den Himmel emporsteigen.

»Oh nein! Da! Feuer! Schau!«, ruft er. »Das müssen sie sein! Die Kojoten!«

Vom wackelnden Rikscha-Rücksitz späht Rafif mit Oles Fernglas Richtung Rauchsäule. »Die Kojoten-Idioten sind an unserem Geheimplatz!«

»Na wartet! Gleich gibt's Kojotengeheul, wetten?!«

Autsch! Ein spitzer, knorriger Ast streift Oles Wange, als er die ruckelnde Rikscha durch den immer dichter werdenden Monsterwald steuert.

»Pass auf!«, warnt Rafif, als sie mit Karacho auf eine mächtige Eiche zusteuern.

In letzter Sekunde reißt Ole das Lenkrad herum. Auf zwei Reifen schlingert die Rikscha haarscharf an der Eiche vorbei. »Festhalten!«, ruft Ole so laut wie nötig und so leise wie möglich, denn er fürchtet, die Kojoten könnten sie hören. Im Augenwinkel sieht Ole den zum behaarten Yeti-Fuß umge-

bastelten Riesenstiefel vom Rücksitz an seinem rechten Ohr vorbeifliegen. Schon kippt die Rikscha zur Seite und sie landen – *rums* – im Schnee.

»Alles okay?«, fragt Ole, als Rafif vom Rücksitz krabbelt.

»Alles okay!«, antwortet Rafif und sammelt eilig die verstreuten Kostümteile, die Thermoskannen und den Proviantkorb ein.

Ole schnappt sich den Stiefel, der hinter den Bienenkästen gelandet ist, und schlüpft hinein. Zeit für den Rettungseinsatz!

Rafif hilft Ole ins Monsterkostüm.

»Hast du den Lachsack?«

»Roger! Hab ich!«

»Hast du den Stimmverzerrer?«

»Roger!«

»Warte!«, sagt Rafif und eilt zur Rikscha. Mit zwei blinkenden LED-Rücklichtern in der Hand kommt sie zurück. »Für die Augen!«

»Super Idee«, sagt Ole.

Rafif befestigt die Leuchtaugen an der Imkerhaube. Die haben sie schon in der Schule mit gruseligen Reißzähnen und weißem Watte-Fell zum Schneemonsterkopf umfunktioniert.

Von innen steckt Ole einen Wischmopp in die Imkerhaube und fährt die Teleskopstange aus.

»Wow! Genial!« Rafif staunt, als sich der Anzug zu voller Größe in die Höhe spannt und Ole mit den langen Ärmeln schlenkert.

»Oh nein!«, sagt Ole. »Wir haben was vergessen!«

»Was denn?«, fragt Rafif. »Das Kostüm sieht superecht aus! Und du bist voll riesig!«

»Aber ich sehe nichts!«, sagt Ole und sticht von innen mit seinem Superschnitzmesser zwei Sehschlitze in den Imkeranzug.

23

Das Schneemonster

Mit klopfendem Herzen stapft Ole durch den Schnee Richtung Hochsitz. Rafif folgt ihm mit etwas Abstand und als sie ihre Füße in die riesigen Yeti-Abdrücke setzt, staunt sie, wie echt die aussehen.

Ein eisiger Wind weht kalten Rauch durch die Sehschlitze in Oles Anzug. Jetzt bloß nicht husten!, denkt er noch, da hallt plötzlich vom Hochsitz Roccos Stimme an seine Ohren.

»Was soll der Mist! Irgendwo muss sich das sprechende Ding doch versteckt haben. Ich hab's genau gehört. Hundertpro!«

»Mann, Rocco!«, ruft Tengis, der neben Joschi vorm Lagerfeuer hockt. »Komm da runter. Wir haben die olle Tasche doch schon hundert Mal durchsucht … Da ist nix. Kein Handy, kein Viech, nicht mal 'n bisschen Kohle.«

»Der olle Ole hat keine Kohle«, reimt Tengis und

lacht stolz, weil er einen Witz gemacht hat. »Cool! Ole, Kohle … Das reimt sich.«

Doch Rocco ist gar nicht zum Lachen zumute. Wütend tritt er gegen die Kühltasche. Dann hebt er sie hoch, schüttelt sie und kippt den Inhalt aus. Zwischen den Bäumen kann Ole erkennen, wie ausgeschleckte Trinkjoghurt-Flaschen und Harzer-Roller-Packungen vor Roccos Füße auf den Holzboden fliegen.

»Ich hab's ja gesagt, Leute!«, ruft Rocco zu den anderen herunter. »Der olle Ole hat echt nicht mehr alle *Taschen* im Schrank! Benimmt sich wie 'n verrückter Opa! Rennt mit 'ner Tasche voll Müll durch die Gegend!«

Ole beobachtet, wie Rocco sich eine große bauchige Joghurtflasche greift und sie auf den Sims in der Sichtluke stellt. Holy Moly! Oles Herz klopft bis zum Hals. Was, wenn der Schneeti sich in einer der Flaschen versteckt hat, fragt sich Ole, als Rocco mit seinem Hockeyschläger ausholt und die Flasche durch die Sichtluke ins auflodernde Lagerfeuer schießt!

»Tooooor!«, jubelt Rocco und Joschi und Tengis grölen.

»Astreiner Schlag! Alter, mach das noch mal!«, ruft Joschi.

Ole beeilt sich, da stellt Rocco schon eine zweite Flasche in Position.

Vor Aufregung wird Ole ganz heiß und kalt. Da holt er tief Luft und nimmt allen Mut zusammen. »Ich bin ein Monster! Ein Schneemonster!«, spricht er zu sich selbst und brüllt, so laut er kann, in den Stimmverzerrer: »RÖÖÖÖÖR!«

Oles Stimme überschlägt sich, aber das hört sich zum Glück nur noch gruseliger an.

»Was war das!?«, fragt Tengis und springt auf. »Habt ihr das gehört?«

»Was soll das schon gewesen sein?«, ruft Rocco durch die Sichtluke zu Tengis hinunter. »Schon mal was von röhrenden Hirschen gehört? Bist du etwa auch so 'n Schisser wie Ole? Wen soll ich zuerst anrufen – die Feuerwehr oder deine Mami?«

Mit Karacho schlägt Rocco die zweite Flasche ins auflodernde Feuer. »Tooor!«, jubelt er. »Krass! Habt ihr das gesehen?«

Da bricht die leuchtende Abendsonne hinter Ole zwischen den Wolken durch und ein riesiger Monsterschatten legt sich über Joschi, Tengis und das Lagerfeuer. Erschrocken blicken die beiden sich zu Ole um und als sie in die glutroten Feueraugen des riesigen Schneemonsters blicken, werden sie bleich wie Schnee.

Der Plan funktioniert, denkt Ole und wird noch mutiger.

»RÖÖÖÖÖR!«, brüllt er und schlenkert bedrohlich mit den langen Monsterarmen.

»Was war denn das?«, fragt Rocco.

»D-d-das Schn-Schn-Schneemonster ...«, stammelt Tengis, dem die Angst die Kehle zuschnürt.

»Das was?«, schreit Rocco. »Ich kann dich hier oben nicht verstehen?!«

»D-d-das Schn-Schn-Schneemonster ...«

»Mann, lass mich mit dieser Kinderkacke in Ruhe!«, ruft Rocco genervt. »Das ist doch was für Babys! Ich habe euch doch schon gesagt: Das Schneemonster gibt es nicht!«

»Hast du eine Ahnung«, flüstert Ole, als Rocco eine dritte Flache in die Sichtluke stellt.

»Lauf!«, kreischt Joschi. »Nichts wie weg hier!«

»Hey, wo wollt ihr denn hin?«, ruft Rocco, als sich Joschi und Tengis verstört auf ihre Räder schwingen. Und dann hört Rocco – *RÖÖÖÖÖR* – ein fürchterliches Brüllen und – *Huhahaha-Huhahaha* – ein monströses Lachsack-Lachen. Da dreht Rocco sich um. Und sieht es auch: das Schneemonster!

»Äh, hallo, krass, d-d-dich gibt's ja wirklich ... Braves Monster, braves Monster ... Bitte-bitte tu mir nichts! MAAAMAAA!!!«, schreit Rocco.

Ole muss in seinem Kostüm grinsen. So laut hat er noch niemanden Mama rufen hören.

»Wartet auf mich!«, ruft Rocco Joschi und Tengis hinterher. Er stolpert über die Kühltasche und springt zitternd die Sprossen hinunter. Über ihm segelt die Kühltasche – *wusch* – ins Feuer. Durch die Sehschlitze sieht Ole die Flammen hoch auflodern.

»Schneeti«, ruft Ole, als das Feuer züngelnd auf die Hochsitzleiter übergreift und Rocco auf seinem Mountainbike das Weite sucht.

Rafif läuft atemlos auf Ole zu und schaufelt mit Händen und Füßen Schnee auf das Feuer und die unteren Sprossen der Leiter, bis endlich alle Flammen erloschen sind.

Mit einem Stock fischt Ole etwas aus der qualmenden Glut. Ein Stück angeschmolzenes Plastik. Unter dem Ruß ist noch das rote Ahornblatt der Kanada-Flagge zu erkennen – mehr ist von der Kühltasche nicht übrig geblieben.

Da sieht Rafif oben in der Sichtluke die Joghurtflasche stehen. »Ole, da! Vielleicht hat Schneeti sich ja in einer Flasche versteckt!«

Voller Hoffnung eilt Ole zum Hochsitz, überspringt die ersten beiden verkohlten Sprossen und kämpft sich mit den Riesenstiefeln die Leiter hoch. Er blickt in die ausgeschleckte Joghurtflasche. Kein Schneeti. Nichts.

Da fällt Ole das Thermometer ein. Mit pochendem Herzen greift er in seine Strickjackentasche und kann es nicht finden. Oh nein! Das Thermometer muss ihm beim Rikscha-Sturz aus der Tasche gefallen sein.

In seinem offenen Kostüm, das an ihm herunterbaumelt wie ein viel zu großer Schlafanzug, setzt Ole sich auf die Bank und sieht furchtbar verloren aus. »Schneeti«, schluchzt er und vergräbt sein Gesicht in den gebastelten Yeti-Pranken.

24

Der magische Winterabend

Verzweifelt haut Ole mit der Faust auf die Bank und macht sich die schlimmsten Vorwürfe. »Rocco hat recht. Ich bin ein oller Idiot! Was bin ich denn nur für ein Freund? Schneeti hat mich nie im Stich gelassen und ich? Ich war mal wieder zu lahm. ’ne lahme Socke in einem doofen Kostüm … Und dieser bescheuerte Anzug hat überhaupt nichts gebracht … Schneeti! Es tut mir so leid!«

»Aber Kökölöres! Du bist döch keine lahme Söcke und ein öller Idiöt bist du auch nicht«, hört Ole eine vertraute Stimme.

»Doch! Das bin ich!«, schluchzt Ole.

Es dauert einen Moment, bis sich die Gedanken in seinem Kopf wieder sauber aneinanderknüpfen und er realisiert, was er da gehört hat. Suchend sieht Ole sich nach allen Seiten um. »Hallo?

Schneeti?«, ruft er und ist sich schon sicher, dass er sich die Stimme nur eingebildet hat.

Da lugt ein weißes, puscheliges Köpfchen aus dem Vogelhaus am Nachbarast. »Hallöle, Öle«, antwortet der Schneeti, der jetzt aus dem schiefen Vogelhäuschen klettert und »Höppala« durch die Sichtluke auf Oles Schoß hopst.

»Schneeti!«, ruft Ole und kann sein Glück kaum fassen. »Ich dachte schon, du bist geschmolzen!«

»Geschmölzen? Quatsch mit Söße!«, winkt der Schneeti ab. »Zuerst haben die Köjöten die Kühltasche in der Umkleidekabine durchsucht. Da habe ich mich sö was vön schnell in eine Jöghurtflasche verkröchen. Und später im Wald – als dieser unverfrörene Röccö endlich die Kühltasche aus seiner dööfen Höckeytasche gehölt hat – die müffelt vielleicht nach Spörtsöcke, das kann ich dir sagen – habe ich mich in Nullkömmanichts auf eiskristallklar runtergekühlt und bin rausgekrabbelt. Erst mal habe ich Röccö ördentlich in den Pö gezwickt und bin dann schnell, bevör ich wieder sichtbar gewörden bin, in Madame Meises Mönstervilla gehöpst und habe mich versteckt. Und da muss ich wöhl eingeschnörcht sein. Schneller als die Pölizei erlaubt. Ihr habt nicht zufällig Kaffee dabei, öder?«

»Rafif!«, ruft Ole fröhlich zu seiner Freundin hinunter, die unten auf dem Waldboden krabbelt und noch hinter jeder Wurzel und jedem Strauch suchend nach Schneeti Ausschau hält. »Hier möchte jemand Kaffee!«

»Hurra! Genial!«, jubelt Rafif so laut, dass der Schneeti sich die Ohren zuhält.

»Da freut sich wohl noch jemand wie Bolle, dass du nicht geschmolzen bist, Schneeti!«

»Ach, weißt du, Öle«, erklärt der Schneeti, »und wenn ich mal schmelzen söllte, ist das auch nicht weiter schlimm. Ist mir schön öfter passiert.«

»Echt?«, fragt Ole und staunt. »Und was passiert dann?«

»Ganz einfach. Dann dampfe ich ab! Höch in den Himmel! Und in der nächsten Schneewölke flöcke ich mich wieder in Förm!«

»Wow, cool, du änderst deinen Aggregatzustand!«, sagt Ole.

»Jöp!«, sagt der Schneeti.

»Oh, Schneeti, ich bin so froh, dich wiederzusehen!«

»Und ich bin sööö fröh, dich wiederzusehen, Öle!«, sagt der Schneeti und breitet seine kleinen fluffigen Armen ganz weit aus.

»Schneeti! Schneeti!«, ruft Rafif ganz außer Atem und klettert die Leiter hoch. Und als sie den wohlbehaltenen, quietschfidelen Schneeti sieht, juchzt sie vor Freude: »Oh, Schneeti! Ich könnte dich knutschen!«

»Mach döch!«, sagt der Schneeti und reckt sein Köpfchen zu Rafif, die ihm – *muah* – ein Küsschen auf die weiche, kaltwarme Wange drückt. Da schlingt der Schneeti einen Arm um Oles und den anderen um Rafis Hals und als sich die drei Freunde oben auf dem Hochsitz umarmen, leuchtet der Schneeti plötzlich von innen in den schönsten Polarlichtfarben auf. Die Lichter strahlen von seinem kleinen großen Herzen zu seinen beiden Freunden, weiter über die Baumwipfel und legen sich wie das Kuppeldach einer gigantischen Schneekugel über den Monsterwald.

Und dann ist es, als würde die Glücksmarie fleißig Frau Holles Kissen ausschütteln: Von allen Sei-

ten wirbelt watteweicher Schnee herbei. Als die Flocken wie weiße Federn um den Hochsitz tanzen, zupft der Schneeti an Oles Rettungsanzug.

»Öle, was ist das denn für ein kömisches Köstüm? Was söll das sein? Ein Schneeöchse?«

»Quatsch! Ein Yeti natürlich!«, antwortet Ole.

Da lacht der Schneeti. »Höhö! Aber, Öle, echte Yetis sehen döch sö aus!« Der Schneeti deutet durch die Sichtluke nach unten zwischen die Bäume, dorthin, wo der Wald immer dichter wird. Und tatsächlich! Hinter dem Vorhang flirrender Flocken sieht Ole drei echte, riesige Yetis auf den Hochsitz zustapfen.

»Holy Moly! Wenn das Opa Ottokar sehen könnte!«, sagt Ole, als der Hochsitz unter den mächtigen Yeti-Schritten zu beben beginnt.

»Hühü! Schneeti! Grüezi! Salü!«, rufen die Yetis dem Schneeti zu und winken mit ihren langen, zotteligen Armen.

»Hallöle, Himal! Hallöle, Mala! Hallöle, Laya!«, grüßt der Schneeti zurück, als sich die drei Yetis um den Hochsitz stellen und an drei Seiten verschmitzt durch die Sichtluken linsen.

Ole blickt links, rechts und geradeaus in sechs große, gütige, leuchtende Yeti-Augen und da spürt er es wieder, dieses große Kribbeln im Bauch: Die Welt ist so wild und so weit und so wundervoll.

»Darf ich vörstellen! Das sind meine beiden Größgrößgrößgrößgrößnichten und mein Größgrößgrößgrößgrößneffe«, sagt der Schneeti.

»Irrtüm! Aber, Onkel Schneeti! Ich bin doch dein Ürürürürürneffe!«, entgegnet Himal, der Yeti mit der coolen Haartolle.

»Ist döch Jacke wie Höse. Wie auch immer. Auf

jeden Fall: Wir sind entfernte Verwandte«, sagt der Schneeti. »Und das hier sind meine Freunde – Öle und Rafif!«

»Servüs, Ole! Grüezi, Rafif!«, sagen die Yetis und strecken zur Begrüßung ihre riesigen Hände durch die Luken.

Ole staunt über den kaltwarmen, samtweichen Händedruck der Yetis, da hüpft der Schneeti auf Himals Haartolle und fragt: »Hört ihr das!?«

Die Yetis spitzen ihre pelzigen Ohren und nicken. Da hört Ole es auch: *Kling-kling-kling, kling-kling-kling* erschallt es so zauberhaft am Himmel, dass sogar Madame Meise und alle Rehe und Waldvögel ihre Köpfe neugierig zum Himmel recken.

Da sieht Ole eins, zwei, drei, vier, fünf, sechs, sieben, acht, neun Rentiere am Himmel auf sie zufliegen, die nacheinander sanft mit ihren breiten Hufen auf der Waldlichtung landen. »Das sind ja Dasher, Dancer, Prancer, Vixen, Comet, Cupid, Donner, Blitzen und Rudolph!«, ruft Ole.

»Jöp!«, sagt der Schneeti. »Und Öpa Öttökar hat sie mit seinen Stricknadeln gar nicht sö schlecht getröffen, öder?«, lobt er.

Ole nickt.

Gemeinsam verbringen Ole, Rafif, der Schneeti, die drei Yetis, die neun Rentiere und die Tiere des Waldes den schönsten, magischsten Winterabend, den Ole sich überhaupt vorstellen kann.

Sie spielen Verstecken und Erschrecken im Dunkeln und purzeln vorwärts und rückwärts durch den Schnee.

Leise, damit sie die Waldbienen in ihrem Winterschlaf nicht stören, schleichen sie an den Bienenstöcken vorbei und singen im Flüsterton:

Ole und Rafif:
»Ein Hut, ein Stock, ein Regenschirm …«

Schneeti:
»Ein Hut, ein Stöck, ein Regenschirm …«

Die drei Yetis:
»Ein Hüt, ein Stock, ein Regenschirm …«

Und als Ole, Rafif und der Schneeti auf die breiten, kuscheligen Yeti-Rücken springen, ist es Zeit für das Lieblingsspiel der Yetis: Hückepack-Rennen.

»Haltet eüch güt fest!«, ruft Mala.

»Auf die Plätze, fertig, lös!«, ruft der Schneeti.

Nach dem wilden Rennen liegen die Yetis und der Schneeti vor Lachen auf dem Boden, als Ole ihnen zeigt, was für lustige Geräusche er mit seinen Armen machen kann.

»Püps noch mal mit dem Arm, Ole«, brüllt Himal und Ole tut ihm den Gefallen.

»Wartet! Könnt ihr das?«, fragt Ole, wirft sich zu den anderen in den Schnee und strampelt mit den Armen und Beinen wie ein Hampelmann.

»Das sieht ja lüstig aüs!«, sagt Laya und schon liegen alle nebeneinander auf dem weichen Waldboden und malen mit ihren Armen und Beinen drei riesige, zwei kleinere und einen klitzekleinen Schneeengel in den Neuschnee.

Da dreht Ole seinen Kopf zu Rafif. »Rafif? Das war echt gemein von mir, was ich auf dem Schulhof zu dir gesagt habe. Ich hätte wissen müssen, dass du Schneeti nie verraten würdest.«

»Ist schon Schnee von gestern, Ole«, sagt Rafif. »Du bist ja auch nur ein Mensch. Es können ja nicht alle so liebe Schneemonster sein wie unsere coolen Kumpels hier!«

»Freunde?«, fragt Ole.

»Freunde!«, sagt Rafif und greift nach Oles Hand.

Später sitzen alle gemeinsam im Kreis am lodernden Lagerfeuer. Genüsslich schlürfen sie Kaffee und Kräutertee und freuen sich über die Köstlichkeiten aus Hökos Proviantkorb. Sie halten Stöcke über das Feuer, backen duftendes Dinkel-Stockbrot und tunken es in Waldhonig. »Jöm-jöm«, lobt der Schneeti und leckt sich genüsslich Hökos Honig von den Pfotentatzen, als um sie herum die Rentiere mit den Rehen tollen und die Meisen aus sechs Yeti-Händen Brotkrumen picken.

Bis tief in die Nacht erzählen sie sich unterm leuchtenden Polarlichthimmel Geschichten. Ole mummelt sich gemütlich in seine Strickjacke ein, die immer noch ein bisschen nach Opa Ottokars Küche riecht, und lauscht den warmen Stimmen und dem knisternden Feuer.

Und als Ole schon denkt, dass es schöner nicht mehr werden kann, macht der Schneeti einen Kopfstand, zwinkert Ole und Rafif zu und fragt: »Lust auf einen Rundflug?«

Rafif und Ole blicken sich mit strahlenden Augen an. Schnell packen sie ihre Sachen zusammen, als der Schneeti die neun Rentiere vor die Rikscha spannt. Ole setzt sich hinters Lenkrad, Rafif auf den Rücksitz und der Schneeti hüpft in Oles Strickjackentasche.

»Hö-hö-hö!«, ruft der Schneeti den Rentieren zu, die – *kling-kling-kling* – mit schellenden Glöckchen lostraben und vom Waldboden abheben, als würden sie auf einer unsichtbaren Himmelsleiter in die Lüfte galoppieren.

25

Tschö mit ö

»Holy Moly!«, jubelt Ole, als sie mit der fliegenden Rikscha höher und höher in den Winterhimmel steigen und der Monsterwald unter ihnen kleiner und kleiner wird.

Mit dicken Backen pusten die Yetis das Feuer aus und strecken winkend ihre langen, zotteligen Arme in die Luft. »Tschüssi mit Büssi«, rufen die Yetis.

»Tschö mit ö«, ruft der Schneeti zurück.

»Aüf Wiedersehen! Güte Reise!«, ruft Rafif auf Yetinesisch.

»Macht's gut! Äh ... ich meine, macht's güt!«, ruft Ole, als die drei Yetis langsam Richtung Himalaya lostrotten und sich auf den Nachhauseweg machen.

Ole lehnt sich vor. »Seht mal! Da ist Mamas Feuerwache!«

»Und da der Bauernhof Schultenschulz. Da hat

der mit den weißen Haaren und dem weißen Schnurrbart gelebt«, ruft Rafif.

»Und dahinten, da ganz, ganz hinten …« Ole deutet Richtung Westnordwest. »Da ist Kanada! Und in diese Richtung ungefähr …« Ole zeigt Richtung Ostsüdost. »Da müsste der Himalaya sein!«

Rafif beugt ihren Kopf aus der Rikscha und schaut auf die Häuser, über die die Rentiere hinweggaloppieren. »Ole, siehst du das Haus mit den bunten Fensterläden?«

»Du meinst das mit den Solarzellen auf dem Dach?«, fragt Ole.

»Ja!«, sagt Rafif. »Da wohnt Frau Lümmerling.«

Über der Gebrüder-Grimm-Schule setzen die Rentiere zum Landeanflug an. Ganz nah fliegen sie über das Schuldach, das Pausen-Iglu und die mit Meisenknödeln behängte Hecke. Auf 36 leisen Hufen landen sie mit der roten Rikscha vor Hökos Minihaus. Sie können Höko im Inneren schnarchen hören.

»Höhö!«, lacht der Schneeti. »Schnörch ich auch sö laut?«

»Quatsch!«, flüstert Ole. »Du schnörchst manchmal noch viel lauter!«

»Töll!«, juchzt der Schneeti und macht einen Freudenhopser.

Leise stellt Ole Hökos Riesenstiefel, die umgebastelt als Yeti-Füße noch viel cooler aussehen, auf Hökos Veranda.

Gemeinsam spannen sie die Rentiere aus der Rikscha und als Rafif Rudolphs samtiges Maul streichelt, sagt Ole: »Wusstest du, dass Rentiere – je nachdem wie kalt es ist – sogar ihre Augenfarben wechseln können? Von Gold nach Blau.«

»Echt?«, fragt Rafif. »Genial!«

Zusammen schieben sie Hökos Rikscha, an deren Lenker sie noch ein goldenes Rentierglöckchen befestigen, an ihren Platz.

Ole nimmt Roccos Tasche, die er vor Schreck im Monsterwald liegen gelassen hat, vom Rücksitz und hat eine Idee. »Hey, Leute, kommt mal mit!«

Auf dem Schulhof zieht Ole Roccos Hockeyschläger aus der Tasche, stellt sich auf die Zehenspitzen und hängt ihn Frauherr von Frost an den rechten Besenarm.

»Töll! Ein Spazierstöck!«, ruft der Schneeti und klatscht in die Pfotentatzen.

»Und eine schicke Handtasche!«, sagt Rafif, als

Ole Roccos Hockeytasche an Frauherr von Frosts linken Besenarm hängt.

»Tja, fragt sich, wer jetzt nicht mehr alle *Taschen* im Schrank hat, was!?«, sagt Ole und grinst.

»Na, Röccö natürlich!«, antwortet Schneeti und die Freunde klatschen sich ab, während um sie herum die Rentiere über die Tischtennisplatten und Klettergerüste fliegen und sich an Hökos Kräuterspirale stärken.

»Und wie kommen wir jetzt nach Hause?«, fragt Rafif.

»Na damit«, sagt Ole und deutet auf seinen Holzschlitten, der noch vorm Eingang der Gebrüder-Grimm-Schule steht.

»Ökidöki! Wir rödeln mit dem alten Schlitten«, sagt der Schneeti. »Aber nicht ganz sö, wie ihr das denkt. Wetten?!« Schon pfeift Schneeti zwischen den Fingern und die Rentiere kommen angeflogen.

»Holy Moly! Das ist ja wie Wasserski in der Luft«, jubelt Ole, als er auf seinem Schlitten steht und – gezogen von acht Rentieren – durch die Luft surft.

»Braves Rentierchen«, sagt Rafif und klopft Rudolph, der sie auf seinem Rücken durch die Lüfte trägt, auf den Hals. »Hey, ich glaube, Rudolph weiß, wo ich wohne!«, ruft Rafif, als das Rentier langsamer wird und eine Kurve fliegt.

»Na lögö weiß er das«, sagt der Schneeti und hopst mit einem Vorwärtssalto vom Schlitten auf Rudolphs Geweih.

»Rafifchen, ich könnte dich knutschen«, sagt der Schneeti und drückt Rafif – *muah* – einen dicken Schmatzer auf die Wange. Dann flüstert er ihr kitzelnd etwas Liebes ins Ohr.

»Danke, Schneeti! Du bist genial und du bist so süüüß! Es ist sooo cool, dass es dich gibt!«, ruft Rafif, als der Schneeti mit einem Rückwärtssalto wieder zurück auf den Schlitten hopst und Rudolph in Rafifs Straße fliegt.

Im wilden Galopp ziehen die Rentiere Oles Schlitten über die Dächer der Wohnsiedlung. Von oben sehen die vielen Häuser mit den leuchtenden Weihnachtssternen in den Fenstern fast so klein wie Vogelhäuschen aus, denkt Ole, da sieht er sie schon: die Meisengasse. Plötzlich durchströmt ihn ein Gefühl, das er schon lange nicht mehr hatte: ein echtes, warmes, gemütliches Zuhausegefühl.

Ole blickt sich nach allen Seiten um. So übel ist es hier gar nicht, denkt er und ruft den Rentieren zu: »Da im ersten Stock ist mein Zimmer! Da könnt ihr uns absetzen!«

Über dem Feuerwehrwagen, der noch in der Einfahrt steht, drehen die Rentiere noch eine Schleife und neigen staunend ihre Köpfe. »Na, Freunde, das ist aber auch ein ganz schön heißer Schlitten, öder?«, ruft der Schneeti und die Rentiere nicken beeindruckt, als sie sanft vor Oles Balkon halten.

Ole springt auf den Balkon und hievt den alten Holzschlitten über die Brüstung. Kaum sind die Passagiere von Bord, stößt auch Rudolph wieder zu den anderen Rentieren, die jetzt mit leuchtenden Augen um das Feuerwehrauto fliegen. Nacheinander pressen sie ihre Rentiernasen neugierig gegen die Fensterscheiben und gucken sich den heißen Schlitten ganz genau an.

»Kommst du?«, fragt Ole den Schneeti, der noch auf der Balkonbrüstung steht.

Doch der Schneeti schüttelt sachte den Kopf. »Öle, ich kann nicht mitkömmen.«

»Wieso denn nicht?«, fragt Ole.

»Es ist Zeit. Ich muss wieder lös«, sagt der Schneeti.

»Los?«, fragt Ole, der kaum fassen kann, was er da hört. »Aber ... wohin denn?«

Da deutet der Schneeti zum Nachthimmel. »Nach öben. Nach höch öben.«

»Aber ...!« Oles Stimme überschlägt sich. »Was soll ich denn ohne dich machen?«

»Auf dem Köpf stehen und lachen! Und nöch Milliönen andere Sachen!«, sagt der Schneeti und springt auf seine Vorderpfotentatzen, um Ole aufzuheitern. Doch als der Schneeti im Kopfstand Oles trauriges Gesicht sieht, setzt er sich auf die Brüstung und lässt seufzend die Öhrchen hängen. »Wein döch nicht, Öle«, sagt der Schneeti und kriegt selbst ganz feuchte Augen. Mit seinen kaltwarmen Pfotentatzen streicht er über Oles Wangen und fängt Oles kullernde Tränen auf.

Ole staunt, als er sieht, wie die Tränentropfen in

Schneetis Pfotentatzen zu bauschigen Schneeflocken kristallisieren.

»Kömm, wir pusten!«, sagt der Schneeti. »Das bringt größes Glück!«

»Darf ich mir was wünschen?«, fragt Ole und schnieft.

»Aber, Öle«, antwortet der Schneeti. »Du darfst dir döch immer was wünschen!«

Zusammen pusten Ole und der Schneeti die Tränenflocken hoch in die Luft und Ole drückt den weichen Schneeti fest an seine Strickjacke.

»Höly Möly, Öle! Schau!«, juchzt der Schneeti, als etwas in seinem Brustfell auffunkelt wie ein geschliffener Diamant.

»Was ist das?«, fragt Ole.

»Ein neues Flöckenhaar!«, erklärt der Schneeti. »Immer wenn uns Schneetis ein Freund ganz döll und ganz fest ans Herz gewachsen ist, wächst uns ein neues, besönders schönes Flöckenhaar. Töll, öder? Na, wie findest du mein Öle-Flöckenhaar?«

»Supertoll!«, sagt Ole und blickt fasziniert auf das sternenförmige, glitzernde Eiskristallhaar, das aussieht wie kein anderes. Ole streichelt Schneetis dichtes Sternenfell und als er unter seinen Fingern die unzähligen warmkalten, daunenweichen Flockenhaare fühlt, ahnt er: Der Schneeti muss schon in viele, viele Kinderleben geschneit sein.

»Dann wirst du mich also nicht vergessen?«, fragt Ole.

»Ich dich vergessen? Aber, Öle! I wö! Wö kömmen wir denn dahin?«

»Warte!«, sagt Ole und eilt durch die Balkontür, die immer noch offen steht, in sein Zimmer. Mit dem Igel-Iglu, um das er ein sehr langes Stück Stricklieselschnur zu einer Doppelschleife gebunden hat, kommt Ole zurück. »Hier! Für dich, Schneeti!«

»Für mich?«, fragt der Schneeti und macht gleich drei Freudenhopser. »Wie töll! Wie cööl! Wie wundervöll! Mein eigenes Schnörch-Iglu! Und ein Stricklieselschal! Sö einen wöllte ich schön immer haben. Da werden die anderen aber Augen machen.«

»Die anderen? Heißt das, es gibt wirklich noch mehr von deiner Spezies?«

»Jöp. Und öb. Nöch viel, viel mehr!«, sagt der Schneeti, als er sich ein Ende der Stricklieselschnur wie einen Karategürtel um den Bauch bindet und hoch in die Luft hopst.

»Schneeti! Du kannst ja fliegen!«, ruft Ole, als er den Schneeti in der Luft schweben sieht.

»Na lögö! Ich bin döch ein Schneeti! Da werd ich döch wöhl nöch fliegen können, öder?«, sagt der Schneeti, plustert sich auf und steigt locker flockig mit seinem baumelnden Schnörch-Iglu höher in den Himmel.

»Und was kannst du noch?«, möchte Ole wissen.

»Vörwärtsrölle, Rückwärtsrölle, Vörwärtssaltö, Rückwärtssaltö ...«, antwortet der Schneeti und rollt sich wie ein Trapezkünstler um die Stricklieselschnur.

»Das weiß ich ja schon!«, ruft Ole. »Aber was kannst du noch?«

»Nöch viel mehr!«

»Cool!«

»Und du auch, Öle ...«

»Was!?«, schreit Ole, der den Schneeti kaum noch verstehen kann.

Da legt der Schneeti seine Pfotentatzen wie einen Trichter an den Mund. »Du kannst auch nöch viel, viel mehr, Öle! Nöch viel, viel mehr, als du denkst!«

»Meinst du?«

»Jöp«, sagt der Schneeti. »Und lass dir das vön keiner Söcke ausreden, hörst du?«

»Schneeti!?«, ruft Ole. »Schneist du mal wieder vorbei?«

»Schön möglich!«

»Versprochen?«

»Versпröchen!«, ruft der Schneeti. »Tschö mit ö, Öle!«

»Tschö-hö mit zwei Ö-hö, Schneeti!«

»Tchö-hö-hö mit drei Ö-hö-hö, Öle! Tschüssi-

köwski! Leb wöhl!« Der Schneeti winkt Ole noch einmal zu. Dann pfeift er zwischen zwei Fingern und ruft den Rentieren, die Ole nur noch als kleine Punkte am Himmel erkennen kann, zu: »Hö-hö-hö! Wartet, Leute! Ihr könnt mich döch nöch ein Stück mitnehmen, öder?«

Ole winkt dem Schneeti und den Rentieren noch lange zum Abschied zu. So lange, bis er nur noch die Sterne am Firmament funkeln sieht.

»Mach's gut, Schneeti. Ich werde dich söőö vermissen«, flüstert Ole.

26

Frau Holle

Tosender Applaus ertönt in der Gebrüder-Grimm-Schule, als der Vorhang nach der Aufführung von »Frau Holle« fällt. »Bravo! Bravo!«, rufen die Zuschauer. Auch Oles Eltern platzen vor Stolz.

»Unser Schnuffelsöckchen! Das hat er toll gemacht!«, schwärmt Oles Mutter.

»Und die Kinder haben so schön klar und deutlich gesprochen«, lobt Oles Vater, der natürlich besonders auf die Aussprache geachtet hat.

In der letzten Reihe trampelt Höko begeistert mit seinen Yeti-Stiefeln. »Das ist das beste Weihnachtsmärchen, das ich je gesehen habe! Und so politisch!«, sagt Höko und tippt Oles Vater auf die Schulter. »Haben Sie gemerkt, wie die Kinder mit dem Ofen und den Schneeflocken auf die Erderwärmung und den Klimawandel angespielt haben? Die Kinder setzen sich nicht nur für den Artenschutz, sondern auch für den Klimaschutz ein!« Dann ruft er laut: »Zugabe! Zugabe!«

Hinterm Theatervorhang lächeln sich Ole und Rafif in ihren watteweichen Schneeflockenkostümen an.

»Kinder, ich bin ja so stolz auf euch!«, sagt Frau Lümmerling und schnappt aufgeregt nach Luft. »Sie wollen eine Zugabe! Oha! Darauf bin ich ja gar nicht vorbereitet. Was machen wir denn jetzt?«

Da hat Ole eine Idee. »Wir können doch noch mal das Lied singen!«

»Ole, das ist die Rettung! Eine Goldidee«, juchzt Frau Lümmerling und setzt sich ans Klavier.

Und als sich der Vorhang wieder öffnet, singt die ganze 3b das Lied, das Opa Ottokar Ole schon vorgesungen hat, als der noch ganz klein war und noch nie einen echten Schneeti gesehen hatte.

»Schneeflöckchen, Weißröckchen,
wann kommst du geschneit?
Du wohnst in den Wolken,
dein Weg ist so weit.

Komm, setz dich ans Fenster,
du lieblicher Stern,
malst Blumen und Blätter,
wir haben dich gern.«

Der ganze Saal stimmt mit ein. Und während sich alle singend von ihren Plätzen erheben, gibt Rafif Ole ein Zeichen. »Jetzt!«

Da klettert Ole flink an einer Leiter hoch in Frau Holles Himmelbetthaus und schüttelt ein riesiges Kissen. Schon fallen gebastelte Schneeflocken wie Federn auf die Bühne und die staunenden Zuschauer herab. Von den Flocken, von denen jede anders aussieht, darf sich jeder eine mit nach Hause nehmen. Und wer eine Nachricht auf die Papierflocken schreibt, kann sie sogar als Weihnachtspost verschicken. So können die Flocken hinaus in die weite Welt in die Häuser vieler Menschen schneien.

Für die Verbeugung fassen sich alle Kinder bei den Händen.

Und als Ole wieder von der Leiter klettert und

zu den anderen eilt, staunt er, als er ausgerechnet Rocco sagen hört: »Wartet, Ole fehlt noch!«

Rocco streckt Ole seine Hand entgegen und nimmt ihn mit in die Reihe. »Eure Kostüme sind voll cool geworden! Megacool! Echt!«, sagt Rocco so laut, dass es die ganze Klasse hören kann, und lässt die roten Fahrrad-LEDs wie Glut an seinem irgendwie lustigen, aber auch ganz schön coolen, genialen Ofenkostüm aufleuchten.

»Sorry, wir waren echt fies zu dir«, flüstert Rocco Ole zu und zieht eine neue Kühltasche unter seinem heißen Ofenkostüm hervor. »Hier, haben wir für dich gekauft. Schau mal, was dadrauf ist. Ein Schneetiger. Cool, oder?«

»Holy Moly! Na endlich! Da ist er ja ... Der SchneetiGER!«, sagt Ole und lacht.

Hand in Hand mit seinen kostümierten Mitschülern blickt Ole zu Rafif, zu Frau Lümmerling, zu seinen Eltern und zu Höko und fühlt sich – sogar ohne Strickjacke – pudelwohl in seiner Haut. Und das ist das allercoolste Gefühl!

27

Hökos Geheimnis

Mit den Papierschneeflocken in den Händen und fröhlichen Gesichtern verlassen die Zuschauer plaudernd die Gebrüder-Grimm-Schule. Frau Lümmerling steht neben Frauherr von Frost und wünscht allen Kindern schöne Weihnachtsferien. Überall auf dem Schulhof stehen Eltern und Kinder noch in Gruppen zusammen, nur Höko stapft alleine in seinen Yeti-Stiefeln auf sein Minihaus zu.

»Wir sind gleich wieder da!«, sagt Ole, als sich seine und Rafifs Eltern einander vorstellen. Schon springen Ole und Rafif in die riesigen Fußabdrücke und eilen Höko hinterher.

»Überraschung!«, rufen sie, als Höko vor seinem Haus verwundert vor einem großen mit Weihnachtssternen und Anti-Atomkraft-Sonnen bemalten Paket stehen bleibt. Auf dem Paket steht in Großbuchstaben eine Warnung:

ACHTUNG!
ERST WEIHNACHTEN ÖFFNEN,
SONST RUFEN WIR DIE
FEUERWEHR!!!

Neben dem Paket liegt Hökos ordentlich gefalteter weißer Imkeranzug, der wieder fast wie neu aussieht.

»Wir mussten Sehschlitze reinmachen ... Aber die haben wir geflickt«, erklärt Ole.

»Mit einem Rest Yeti-Wolle!«, bemerkt Rafif. »Das ist das Stabilste, was es gibt!«

»Danke euch!«, sagt Höko und lacht, als er seinen Imkeranzug auseinanderfaltet und die geflickten Stellen begutachtet.

»Soll ich euch mal ein Geheimnis verraten?«, fragt er. »Ihr kennt doch den Monsterwald, oder?«

»Äh, ja ... Wieso?«, fragt Ole und tut unschuldig.

»Das Schneemonster aus dem Monsterwald, das bin ich.«

»Du?«, fragt Rafif.

»Ja, meine Wenigkeit! Ich muss wohl von Weitem im Wald mit meinem weißen Imkeranzug bei meinen Bienenstöcken gesehen worden sein. Und da wurde ich offenbar für das berühmte Schneemonster aus der alten Legende gehalten«, erklärt Höko. »Na ja, und ich habe das Gerücht so stehen lassen. Für den Artenschutz. Ist mir doch ganz recht, wenn die Vögel und Bienen im Wald ihre Ruhe haben und nicht Hinz und Kunz ihren Müll da abladen.«

»Dann warst du das auch, der Monsterwald auf den Stein geschrieben hat?«, fragt Ole.

»Na ja, ich hatte noch etwas rote Rikscha-Farbe übrig«, sagt Höko und schmunzelt. »Wollt ihr noch mit hereinkommen, auf einen Kräutertee?«

»Nein danke, unsere Eltern warten. Aber ... vielleicht kannst du ja Frau Lümmerling auf einen Tee einladen?«, schlägt Rafif vor.

»Meint ihr wirklich?«, fragt Höko und blickt mit tomatenrotem Gesicht verlegen auf seine Yeti-Stiefel.

»Aber hallöle!«, sagen Rafif und Ole wie aus einem Mund.

»Wartet!«, ruft Höko den beiden hinterher, als

sie schon fast wieder auf dem Schulhof sind. »Was ist denn in dem Paket?«

»Verraten wir nicht!«, ruft Ole zurück. Ole stellt sich vor, was Höko wohl für Augen macht, wenn er Weihnachten das Vogelhaus aus Monsterwaldholz auspackt, das genau wie Hökos Minihaus nur in miniminiklein aussieht.

Da fragt Rafif auf Schneetinesisch: »Öle, wöllen wir uns in den Ferien mal wieder verabreden? Wir können ja Karate üben öder was basteln öder in den Mönsterwald gehen öder sö!«

»Ökidöki, güte Idee!«, antwortet Ole und ist sehr froh, dass er in seinem neuen Zuhause eine so tolle Freundin gefunden hat, mit der er lachen, basteln und sogar Schneetinesisch und Yetinesisch sprechen kann.

28

Fröhe Weihnachten

An Heiligabend hat Ole endlich sein Zimmer gemütlich eingerichtet und die letzte Umzugskiste ausgepackt. Zufrieden mummelt er sich in seine mit Yeti-Wolle geflickte Strickjacke ein, da flimmert plötzlich seine Schneekugel auf der Fensterbank in magischem Polarlicht.

Ole betrachtet die Figuren – den kleinen Jungen, den kleinen Opa, den kleinen Schneemann –, auf die der Schneekugelschnee rieselt, und sieht ganz genau hin. Holy Moly! Sitzt da etwa ein Schneeti bei dem kleinen Opa auf der Strickjacke? Den hat er ja noch nie gesehen! Das muss Ole genauer erforschen.

Schnell holt er die Leuchtlupe aus der Schreibtischschublade und mit einem Mal beginnt es auch draußen vor seinem Fenster zu schneien. Da hört

Ole ein leises Klopfen: *tok-tok.* Oles Mutter steht in der Tür und reicht Ole lächelnd das Telefon.

»Opa Ottokar!!!«, ruft Ole strahlend in den Hörer, als er nach so langer Zeit endlich wieder die geliebte Stimme seines Großvaters hört.

»Opa, weißt du, dass es Schneetis gibt? ... Was!? ...« Ole glaubt nicht, was er da hört. »Ihr beide seid alte Freunde?! Schneeti und du? ... Wie alt warst du, als er zu dir geschneit ist? ... Wow! Genauso alt wie ich jetzt?! Das musst du mir alles ganz genau erzählen ... Wirklich, Opa? Holy Moly! Ungelogen!?«, sprudelt es aus Ole heraus und er

kann kaum fassen, was er da am anderen Ende der Leitung von Opa Ottokar hört.

Und als Ole sich zu seinen nickenden Eltern umdreht, springt er ihnen vor Freude in die Arme. »Mama!? Papa!? Ist das wahr, was Opa Ottokar sagt? Wir fliegen über Silvester nach Kanada?! Hurra!«

Glücklich wie ein Schneekönig, presst Ole seine Nase an die Fensterscheibe. Mit weit geöffneten Augen schaut er ganz genau hin und könnte schwören, er hat einen Schwarm Schneetis vorbeifliegen sehen.

Fröhe
Weihnachten!

Stefanie Taschinski

Die kleine Dame

Als Lilly mit ihrer Familie in das alte Haus mit der goldenen Brezel zieht, ahnt sie nicht, dass im verwunschenen Hinterhof eine magische Nachbarin wohnt. Die kleine Dame besitzt ein 1000jähriges Chamäleon, kann sich unsichtbar machen, beherrscht allerlei zauberhafte Handgriffe – doch vor allem hat sie den Schalk im Nacken! So beginnt für Lilly ein Sommer der wunderbaren Abenteuer.

Als Hörbuch bei Arena audio erhältlich

Arena
160 Seiten • Gebunden
Mit farbigen Bildern
von Nina Dulleck
ISBN 978-3-401-06481-9
www.arena-verlag.de

Jörg Steinleitner

Die Barfuß-Bande und die geklaute Oma

Wer denkt, dass Sommerferien auf dem Dorf langweilig sind, der hat sich getäuscht: Ausgerechnet am ersten Ferientag verschwindet Tannes Oma Schnitzel spurlos. Gut, dass Corvin (9), Kiki (10), Ben (10) und Tanne (11) eh gerade eine Bande gründen wollten: die Barfuß-Bande. Und die hat es bald nicht nur mit Barfüßen und einer entführten Oma, sondern auch mit einem richtigen Schatz zu tun.

Auch als Hörbuch bei JUMBO

160 Seiten • Gebunden
Mit farbigen Illustrationen
von Daniela Kohl
ISBN 978-3-401-60475-6
www.arena-verlag.de